JN124457

不死王はスローライフを希望します

FUSHIOU WA SLOW LIFE WO KIBOU SHIMASU

Kogitsunemaru

ill. 高瀬コウ

登場人物紹介
MAIN CHARACTERS
シグムンド
本編の主人公。
最底辺の魔物・ゴーストから、
吸血鬼の王・
エレボロスロードに進化する。
スローライフを志す。
ミルーラ
エルフの少女。
家族と共に、シグムンドに
よって保護される。
抱いているのはペットのシロ。

セブール
リーファの祖父。
先代魔王の執事を務めていた。
魔王国では名を知られた存在。
リーファ
蜘蛛の魔族。
両親のもとを離れ
セブールと暮らす。
母譲りの戦闘能力を持つ。
ララーナ
エルフの少女。
ミルーラの妹で、
いつも一緒に遊んでいる。
頭に載せているのは
ペットのクロ。

一話　ゴーストになった男、洞窟（どうくつ）へ避難します

意識がゆっくりと浮上してくる。

なんか体がフワフワするな。俺の家のベッドはこんなに柔らかくなかったよな。

そんな違和感に目を開けると、暗い森の中だった。

「な、なんだっ!?　こ、ここは、何処（どこ）だ？」

三百六十度見回しても、疑問は解消されない。

そもそも俺の家の近くに森なんてなかった。直前の記憶を思い出そうとする。

仕事を終え、疲れた体を引き摺（ひず）って、築四十年のボロアパートに帰ったところまでは覚えている。

それからどうしたっけ？

手を額（ひたい）に当て考え込んだ俺は、決定的におかしな事に気付いてしまう。

「すっ、透（す）けてるぅぅぅぅーー!!」

慌てて全身を確認すると、足はぼやけて消えかかり、体は宙に浮いていた。

「お、俺に何があった？」

いや、何となく理解はしている。認めたくないだけだ。

「お、俺って死んだのか……」

俺は霊感などの類いは全くなかったので、幽霊なんて見た事はなかった。それなのに、俺自身が幽霊になるなんて……

その時、森の奥で獣か何かの咆哮が聞こえた。

「ひっ！」

俺は慌ててその場から逃げ出した。

地縛霊じゃなくてよかったなんて、この期に及んで、そんなつまらない事を考えてる俺って……

俺は、森の中に突然出現した洞窟の入り口みたいな場所に逃げ込んだ。

俺の本能か何かが、この森はヤバイという警鐘をガンガン鳴らしている。

死んでから第六感に目覚めても……と思いつつ、もう死んでいるんだから、これ以上どうにもならない筈なんだけど、焦ってしまう。

洞窟も警戒するべきなんだろうが、森よりも圧倒的にマシだと、本能で理解できた。

真っ暗な洞窟を奥に進むと、暗い筈の洞窟の中が何故か視認できる。

俺ってこんなに夜目が利いたかな。それとも幽霊になったからか。

幽霊は夜に出るものだもんな。夜目が利いても不思議じゃないか。

兎に角、夜目が利くのは困る話じゃない。気にせずそのまま進むと、壁や天井全体が薄らと光っている場所に着いた。洞窟はまだまだ先へと続いているようだ。

幽霊になったからか、俺は危機感もなくどんどん先へ進んだ。

少し進んだところに小部屋のような場所があったので、そこで休憩する事にした。

正直に言うと、俺は幽霊で体がないのだから、疲れる事もなかったけど。

「はぁ、自分の名前も思い出せないなんて……、俺は誰なんだ？　うわぁっ!?」

俺がそう独り言を呟いた時、目の前に半透明のパネルが出現した。

名前：？？？？
種族：ゴースト　レベル1
スキル：ドレインタッチ　レベル1
称号：異世界から紛れ込んだ魂

「…………はっ？」

少しの間呆けてしまったのも仕方がないと思う。短時間だったのを褒めて欲しいくらいだ。

「ゴーストって、幽霊と何が違うんだ？　いやそれより、異世界から紛れ込んだ魂って……ここ異世界かよ！」

思わず頭が痛くなる。痛くなる頭はないけど。

種族のところを見ていると、詳細な説明が頭に浮かんだ。

ゴースト……死したモノの魂が、濃い魔力に晒され魔物へ至った存在。死霊系最底辺の魔物。

「おうふっ、俺って魔物なのかよ。しかも最底辺の存在って……」

俺はその場に四つん這いになって、落ち込んだ。

まあ、直ぐに気を取り直したんだけどな。考えても仕方ない。

それより名前の欄が？？？だな。何か、仮にでも付けた方がいいな。

「よし、シグムンドにしよう。英雄からパクっても誰も文句は言わないよな。異世界らしいし」

そう名前を決めた瞬間、全身から、何かが急速に抜けていく感覚に意識が遠のく。

気を失う寸前、全身って言ってもゴーストだから体はない筈なんだけどなぁ……なんてバカな事を考えていた。

どれだけ意識を失っていたのか、再び目を開けると、俺は洞窟の小部屋でフヨフヨ浮かんでいた。

「どうしたんだ？　ゴーストが気を失うなんて……」

ステータスのような表示を見れば分かるかもしれないと、パネルがもう一度出るよう念じる。

「おっ、出た出たっ……へっ？」

名前：シグムンド
種族：ゴースト
スキル：ドレインタッチ　レベル1　レベル1
称号：異世界から紛れ込んだ魂、ネームドモンスター特異種

名前が表示されているのはいい。それより称号が増えている。

ネームドモンスター特異種……消滅を乗り越え自ら名持ちの魔物へと進化した存在。種族の進化限界を超え、進化の系統樹から進化先を自ら選択できる。

「ヤバイ、俺、消滅しかけてたのか」

命の危機だったらしい。生きてはいないけど。

「よし！　落ち着こう」
便宜的に、この半透明のパネルをステータスパネルと呼ぼう。
このステータスパネルをよく見て、今後の方針を決めるべきだろう。
これが夢じゃなければ、俺はゴーストとして、生きていかないといけない。
ゴーストが死ぬのか疑問だが、魔物なのだから、討伐されれば死ぬんだろう。
スキルという項目に一つだけある、ドレインタッチの詳細を調べる。

ドレインタッチ……生き物の生命力を奪う。接触していないと発動しない。

「うん。思いっきり悪者の技だな」
分かってたさ、ゴーストだもんな。死霊って時点でヒーローじゃない。
まあいいや。兎に角生き残る事を優先して、少し強くなった方がいいのかな。
俺は覚悟を決めて、小部屋を出た。
俺はどうやら、魔力らしきものを感じられるようになったらしい。
それによると、洞窟の奥と森の中では、森の中の方が魔力が濃いみたいだ。
進むなら洞窟の奥だろう。
考えた末、俺は洞窟の奥へと進んで行った。

二話　洞窟の中は魔物が一杯

小部屋から出て、直ぐにデカイ鼠を見つけた。

デカイ。大事な事だから二回言った。

でもヌートリアもこのくらいのサイズだったか？　なら不思議でもないのか？

ここでよく考える。

先ず、今の俺は弱過ぎて、いつ消滅するかも分からない。

そして、ステータスパネルにあった、進化の系統樹というワード。

そう、俺は進化する事ができる。しかも自分で進化先を選ぶ事ができる。

もしかすると、実体を持つ魔物に進化できるかもしれない。

進化するためには、レベルがある事を考えれば、レベルを上げればいいのだろう。

どうすればレベルが上がるのか。他の魔物を倒せばいい。異世界もののテンプレだからな。

さて、いざ戦うとして、スキルにドレインタッチがあるって事は、生命力を奪えって事だよな。

物は試しにと、そっとデカネズミに近付いて、ドレインタッチを発動する。

デカネズミはビクッとして逃げようとしたが、不意をついた俺の優位は変わらない。

俺のドレインタッチの影響で力が抜けていくのか、デカネズミは暴れる元気もなくなり、やがてピクリとも動かなくなった。

「これヤバイな。力が流れ込んでくる」

生命力を奪い力が漲(みなぎ)るゴーストってどうなんだと思わなくもないが、そんなものだと納得しよう。

「へっ?」

すると、地面に横たわっていた筈のデカネズミが黒い霧(きり)となって消えて、その後に、ビー玉よりも小さな丸い石が残った。

それを見た瞬間、無意識に俺は手を伸ばしていた。

ビー玉のような石から、再び何かが流れ込んでくる。

直ぐに収まり、地面に転がってた石は色が抜け、粉々になって消えた。

「……これが魔石っていうヤツなんだろうな」

ゴーストとしての知識なのか、魔石だという事は分かった。

そして、あのデカネズミも魔物なんだと理解した。

ステータスパネルを確認してみる。

名前:シグムンド

種族：ゴースト　レベル2
スキル：ドレインタッチ　レベル1、嗅覚強化
ユニークスキル：ソウルドレイン
称号：異世界から紛れ込んだ魂、ネームドモンスター特異種

「やっぱり、レベルが上がってる。いや、ユニークスキル？」

レベルが上がった感覚はあった。

力が漲る感覚があったから。だけどユニークスキルが増えているのは何なんだ。


嗅覚強化……嗅覚が強化される。強化幅はゼロ～五倍まで任意で調節可能。

ソウルドレイン……魔物の魔石からその魔物の持つ力を取得できる。


魔石を取り込んだから、ソウルドレインがスキルとして現れたのか。

それでデカネズミのスキルが嗅覚強化ね。うん、俺には関係ないな。ゴーストだから臭わないし。

これで俺が強くなる道筋が見えた。

何せ俺は、死霊系の最底辺の魔物らしいからな。コツコツと少しずつ強くならないと、そのうち

消滅させられるかもしれない。

その後、分かれ道が多い迷路を進んで行く。

レベルが上がったからか、飛ぶスピードが上がった気がする。

洞窟の角を曲がったところに、またデカネズミを見つけた。

今度も不意打ちで、ドレインタッチを食らわせる。

一匹目よりも短い時間で倒せたと思う。

残った魔石を何も考えずに吸収した時だった。

力が流れ込んできた感覚に、ステータスパネルを確認すると、病毒耐性というスキルを取得していた。

一つの魔物から複数のスキルが取得できるんだ。確かに病毒耐性って、ネズミらしいっちゃらしいけどな。

その後も、何匹もデカネズミを倒して魔石を吸収したが、取得したスキルはなかった。

一つの魔物から二つだけスキルを取得できるのか、それともデカネズミがスキルを二つしか持ってないのか、まだ分からないな。

にしても、ゴーストになってから時間の感覚がない。

睡眠は必要ないし、食事も必要ない。まあ、ドレインタッチで奪う生命力が食事だとも言えるんだが。

だから俺は、休憩する事なく魔物を狩りまくった。

デカネズミの他に出て来た魔物は、これも日本じゃ見た事のない大きさの百足(むかで)に、小判大のスカラベっぽいの。

百足から毒生成と毒耐性を、スカラベからは悪食(あくじき)のスキルを取得した。

百足は毒攻撃をする。なので自分の毒でダメージを受けないよう、毒に耐性があるんだろうな。

俺はゴーストだから、毒も関係ないんだけど。

悪食にしても、食中毒にならなくなるのと、食べた物から栄養素を効率的に取得するスキルみたいだけど、そもそも俺って食べないからね。

デカネズミも百足もスカラベも、ダメージを与える攻撃はしてこなかった。

油断していた俺は、大きな蝙蝠(こうもり)の魔物から初めてダメージを受けた。

何か魔力由来の攻撃が飛んでくる。

風と超音波かもしれない。

何とか倒した後、魔石を吸収して、汗もかかないのに額の汗を拭う。

俺のダメージは、ドレインタッチとソウルドレインで回復した。

ステータスパネルを確認すると、風魔法スキルを取得していた。

ここで、おおっ魔法、なんて浮かれる気も起きなかった。

下手したら、消滅してたのは俺の方だからな。

その後、何度か蝙蝠の魔物を不意打ちで倒した。それで得たのは、聴覚強化スキルだけだった。

超音波の攻撃は、風魔法のアレンジなのかもしれない。

そして俺は、下へと続く階段を見つけてしまった。

「……これっ、もしかしなくてもダンジョンなんだよな」

魔物が死体を残さず消えるしね。

下りる前に、もう一度ステータスパネルを確認してみた。

名前：シグムンド
種族：ゴースト　レベル10（進化可）
スキル：ドレインタッチ　レベル2、風魔法　レベル1
　　　嗅覚強化、聴覚強化、毒生成
　　　病毒耐性、毒耐性、悪食
ユニークスキル：ソウルドレイン
称号：異世界から紛れ込んだ魂、ネームドモンスター特異種

流石(さすが)に最弱のゴーストだけあって、進化可能までのレベルが低い。

もうレベルが10に上がっていた。そして進化可の表示。

意識すると、進化先の選択肢が頭の中に説明と共に浮かぶ。


ハイゴースト……死霊系の魔物。種族スキル、闇魔法を持つ。

スケルトン……骨の体を持つ魔物。武術スキルを修得可能。種族スキル、骨再生を持つ。

ゾンビ……腐った体を持つ。種族スキル、痛覚耐性を持つ。


ゾンビはないな。痛覚耐性って、腐った体に痛いも何もないしな。

選ぶなら、ハイゴーストかスケルトンの二択だ。

スケルトンの、武術スキルを修得可能ってのが罠だよな。修得って事は、鍛錬しないと身に付かないって事だもんな。

「よし！　ハイゴーストに進化だ！」

そう意識すると、力が漲ってくるのが分かった。

「……終わったのか？」

自分の姿に、別段変わった様子はない。

名前：シグムンド
種族：ハイゴースト　レベル1
スキル：ドレインタッチ　レベル2、風魔法　レベル1、闇魔法　レベル1
　　嗅覚強化、聴覚強化、毒生成
　　病毒耐性、毒耐性、悪食
ユニークスキル：ソウルドレイン
称号：異世界から紛れ込んだ魂、ネームドモンスター特異種

うん、正統進化だな。

闇魔法はレベル1で、使えるのはスリープとカースだけみたいだな。ついでに風魔法のレベル1では、ウインドカッターという魔法が使えるみたいだ。

スリープは対象を眠らせる魔法。カースは呪いというより、対象の体調を崩す程度の弱いデバフ効果を与える魔法だな。

魔法は結構柔軟性があるみたいで、ウインドカッターで、弱い微風なんかも可能だった。

勿論(もちろん)、レベルが上がらなければ自由に魔法は使えない。

おそらく魔力の量というよりも、制御が無理なんだろうな。

その後、二階層で同族に遭遇した。

……厳密には地下二階なのか？　一応、ダンジョンだと想定して二階層と呼ぼう。

ゴーストだ。

透き通っているが、俺とは違い、ファンタジー風の革鎧を着て、西洋風の顔立ちだった。

俺がのっぺりとした顔だなんて言ってないぞ。アイツらが立体的過ぎるんだ。

ここで少し考える。

ゴースト相手には、ドレインタッチが効かないかもしれない。生命力なんてないからな。

ゲームのように、アンデッド系にもＨＰが設定されているならともかく、それはなさそうだと同種の俺だから分かる。

「ウインドカッター！」

手をゴーストに向けて放つと、呆気なくゴーストは掻き消え、魔石がポトリと地面に落ちた。

「この魔石はどこから出てくるんだ？」

自分の体を見ても、魔石は見つけられない。

落ちた魔石を拾い吸収するが、何のスキルも取得しなかった。

「まあ、そうだよな。さっきまで俺もゴーストだったんだから」

二階層に出没する魔物の種類は、稀に出て来るゴースト以外、一階層と変わらなかった。

時間の感覚がないので、この世界に来てどれだけ経ったのか分からないが、俺は休む事もなく、ひたすら二階層を探索しては魔物を倒し、魔石を吸収していた。

そして今、俺の目の前に三階層へと続く階段がある。

俺は躊躇する事なく階段を下りた。

三話　二回目の進化

三階層を探索していると、今までの魔物に加え、ファンタジーの定番に出会った。

子供くらいの身長に醜い顔、緑の肌に頭に小さな二本の角、汚い腰蓑を着けた魔物。

「ウワッ、ゴブリンか」

俺が見つけたゴブリンは、一匹だけで行動しているようだ。

手に棍棒を持っているが、ハイゴーストの俺に棍棒は効かない。

グギャグギャ煩いが、ドレインタッチで簡単に倒せた。

そして、魔石から嫌なスキルを取得してしまった。

精力強化。今はゴーストなので関係ないが、実体を持つようになった時に不安なスキルだ。

一旦、そのスキルの事は忘れるようにした。

次に、変なのを見つけた。

ふわふわと漂う光の玉。

サクッと倒せたよ。メチャ弱い。

コロンと転がった魔石のサイズが弱さを物語っている。

まあ、何も考える事なく、流れ作業のように魔石を吸収したんだが、あろう事かあの野郎、光魔法スキルを持っていやがった。

ゴーストなのに光魔法って大丈夫なのか？

色々と実験した結果、俺にもダメージがあるが、アンデッド系の敵には、普通に攻撃手段として使えた。神聖系の魔法を使うゴーストってどうなんだろう。

五階層に下りた俺は、新たなファンタジーの定番に出会う。

ゼリーのような体に、真ん中にコアを持つスライムだ。

動きも遅いし、ドレインタッチでサクッとで終わり。

スライムからは物理耐性が取得できたんだが、これも、俺が実体を持つまで意味のないスキルだった。

ゴブリンが二匹から五匹の群れで出て来るようになって、もうゴブリンからはスキルを取得できないと思っていたのだが、新しいスキルを幾つか取得した。

夜目は、その名の通り暗い場所でもよく見えるスキル。だけど俺はゴーストだからか、普通に暗闇でも困らない。

そして、短剣術、棒術、弓術などの武術系のスキルを取得した。

くそっ、ゴブリンの癖に武術系のスキルを持ってるなんて、生意気な奴らだ。

当然、武器を持てない俺には死にスキルだ。

そうして、出て来る魔物を倒しながらドンドンと先に進む。


九階層はアンデッドの階層だった。

ゴーストにスケルトン、ゾンビにグール。

ゴーストからは何も得られなかったが、スケルトンからはゴブリンと同じで、武術系のスキルを取得できた。

更に、スケルトンから骨再生、剣術、槍術、盾術、体術を、グールから体力強化という、俺には無意味なスキルを得た。

確かにグールはしぶとかったな……。

ステータスパネルを確認すると、ハイゴーストの成長限界に達し、進化可になっていた。

早速、進化先を考える。

ホーリーレイス……神聖属性の光魔法に耐性を持つ特殊な死霊系の魔物。種族スキル、光魔法、闇魔法、水魔法を持つ。

スケルトンモンク……骨の体を持つ魔物。武術スキルを修得可能。種族スキル、骨再生、骨強化を持つ。神聖属性に耐性を持つ。

ライトゾンビ……腐った体を持つ。種族スキル、痛覚耐性、再生を持つ。神聖属性に耐性を持つ。


ゴースト系の先はレイスみたいだが、光魔法を保有した所為で、進化先が変化しているのか？　進化先が変化しているのは、スケルトンとゾンビも同じだ。アンデッド系に光魔法はイレギュラーなんだろうな。

さて、どの種族を選ぶかだが、これまでの経験から、今回選択しなかった種族も、次回の進化で選択可能らしい。

一旦スケルトンやゾンビになってみるか、それともレイスへと進化するか。

直ぐに強くなるのは、間違いなくホーリーレイスだろう。だけど、急がば回れということわざもあるからな。

「よし！　スケルトンモンクに進化だ！」

意識すると、全身を光が包み、燃えるような熱を感じた。

そして、体の熱さと光が収まった。

「おおっ、体がある。骨だけど」

フワフワとした浮遊感が消失し、地面に立っている感触がある。

とうとう実体を手に入れた……骨だけどな！

ステータスパネルを確認する。

名前：シグムンド
種族：スケルトンモンク　レベル1
スキル：剣術　レベル1、短剣術　レベル1、体術　レベル1
　棒術　レベル1、盾術　レベル1、弓術　レベル1
ドレインタッチ　レベル3
風魔法　レベル3、光魔法　レベル4、闇魔法　レベル3
体力強化、嗅覚強化、聴覚強化、毒生成
病毒耐性、毒耐性、物理耐性、光属性耐性
骨再生、骨強化、夜目、悪食、精力強化
ユニークスキル：ソウルドレイン
称号：異世界から紛れ込んだ魂、ネームドモンスター特異種

「これで、ゴブリンから取得した武術系のスキルを上げる事ができるな」

進化すると、レベルはリセットされるが、弱くなってはいない。

普通のレベル1のスケルトンと異なり、ハイゴーストで20までレベルを上げたステータスが加算されている。

魔力の量はやや少なくなったと感じるが、スケルトンモンクが近接戦闘寄りだからだろう。

試しに、スケルトンやゾンビ、グールを狙って戦ってみる。

その結果分かったのは、同じスケルトンは相手にもならない雑魚(ざこ)という事。ゾンビも全く問題ない。

グールは動きが人間より速いし力も強いが、俺がスケルトンが落とした剣を使うようになってからは、苦戦する事はなくなっていた。

スケルトンモンクは最底辺の弱い魔物だからか、レベルが成長限界に達するのは早かった。

「流石(さすが)にこの階層だと、レベルアップが早かったな」

進化先を確認する。

ホーリーレイス……神聖属性の光魔法に耐性を持つ死霊系の魔物。種族スキル、光魔法、闇魔法、水魔法を持つ。

スケルトンナイト……骨の体を持つ魔物。武術スキルにプラス補正。種族スキル、骨再生、骨強化を持ち、物理耐性と神聖属性に耐性を持つ。

ライトゾンビ……腐った体を持つ。種族スキル、痛覚耐性、再生を持つ。神聖属性に耐性を持つ。

俺はスケルトンナイトへ進化し、勢いのまま、成長限界までレベルを上げた。

スケルトンナイトの成長限界が、レベル30と高かったのは計算違いだったけどな。

名前：シグムンド
種族：スケルトンナイト　レベル30（進化可）
スキル：剣術　レベル3、短剣術　レベル2、体術　レベル3
　棒術　レベル1、盾術　レベル1、弓術　レベル1
　ドレインタッチ　レベル3
　風魔法　レベル3、光魔法　レベル4、闇魔法　レベル3
　体力強化、嗅覚強化、聴覚強化、毒生成
　病毒耐性、毒耐性、物理耐性、光属性耐性

骨再生、骨強化、夜目、悪食、精力強化
ユニークスキル：ソウルドレイン
称号：異世界から紛れ込んだ魂、ネームドモンスター特異種

さて、どうしようか。


ホーリーレイス……神聖属性の光魔法に耐性を持つ死霊系の魔物。種族スキル、光魔法、闇魔法、水魔法を持つ。

スケルトンパラディン……骨の体を持つ魔物。武術スキルにプラス補正。種族スキル、骨再生、骨強化を持ち、高い物理耐性を誇り、神聖属性に耐性を持つ。

ライトゾンビ……腐った体を持つ。種族スキル、痛覚耐性、再生を持つ。神聖属性に耐性を持つ。

スケルトンナイトそのままの進化先は、スケルトンパラディン。何か強そうだ。

だけど……

「ライトゾンビに進化」

毎度お馴染(なじ)みの光が全身を包み、それが収まると、骨に肉が付いていた。腐ってるけどね。

「これは早めに進化しないとな。主に俺の精神衛生上の問題で」

体の動きを確かめてみる。

敵として出て来るゾンビに比べると、だいぶマシだな。動作のスピードはスケルトンナイトの時とあまり変わらない。

それと、もう一つ分かった事がある。

ゾンビはスケルトンよりランクの低い魔物だった。

俺がスケルトンパラディンを選ばずにライトゾンビを選んだのは、ここより下の階層は、ゾンビではキツイと思ったからだ。

いくらステータスが加算され、多くのスキルを持つ俺でも、倒される危険が高いだろう。

何事も、急がば回れだ。ここでゾンビでの進化を済ませておこう。

さて、レベリングに行くか。

四話　ＲＰＧで無駄にレベルを上げるタイプです

比較的簡単に、ライトゾンビの成長限界まで到達できた。

やっぱり、ここがゾンビの出没する階層よりも、随分と下の階層だからだろう。

さて、次はどうするか。

ホーリーレイス……神聖属性の光魔法に耐性を持つ特殊な死霊系の魔物。種族スキル、光魔法、闇魔法、水魔法を持つ。

スケルトンパラディン……骨の体を持つ魔物。武術スキルにプラス補正。種族スキル、骨再生、骨強化を持ち、高い物理耐性を誇り、神聖属性に耐性を持つ。

ホーリーグール……強靭（きょうじん）な肉体を持つ。種族スキル、痛覚耐性、再生、怪力を持つ。神聖属性に耐性を持つ。

どれを選んでも下の階層で通用するだろう。

「よし！　ホーリーレイスだ！」

俺は再び実体を捨て、幽体のアストラル系の魔物へと進化した。

名前：シグムンド
種族：ホーリーレイス　レベル1
スキル：剣術　レベル3、短剣術　レベル2、体術　レベル3

棒術　レベル1、盾術　レベル1、弓術　レベル1
ドレインタッチ　レベル3
風魔法　レベル3、光魔法　レベル4、水魔法　レベル1
闇魔法　レベル3
体力強化、嗅覚強化、聴覚強化、毒生成
病毒耐性、毒耐性、物理耐性、痛覚耐性、光属性耐性
　骨再生、骨強化、夜目、再生、悪食、精力強化
ユニークスキル：ソウルドレイン
称号：異世界から紛れ込んだ魂、ネームドモンスター特異種

十階層では、下へ下りる階層の代わりに豪華な鉄の扉が見つかった。
おそらくボス部屋だろう。
十階層の魔物の出没パターンからして、死霊系ではないと推測される。
ならば、物理攻撃が無効のアストラル系のホーリーレイスが有利だろう。
ホーリーレイスの能力を少し試してから、俺はボス部屋へと挑んだ。
重い扉が開く音が響く。

不思議なんだけど、実体を持たない俺が手を当てるだけで、重厚な扉は自動的に開いた。

黒い霧が部屋の中心で渦巻き、現れたのは、三体の大きなゴブリン。

見た目は緑の肌に小さな角が二本と、普通のゴブリンと共通している部分もあるが、身長が人間の大人と変わらないし、体格もゴツい。

これはあれか？　ホブゴブリンとかいう奴か？

まあ、俺には鑑定スキルなんてのはないから推測するだけだ。

三体のホブゴブリンは戸惑っている。

まさかアイツらも、レイスが相手とは思わなかっただろうしな。

ホブゴブリンは、魔法剣みたいな、俺にダメージを与えられる武器も持っていなかった。

多少時間は掛かったけど、魔法を風、光、闇と使いながら、時々ドレインタッチで生命力を吸収するだけの単純作業で勝てた。

ただ、俺にも計算違いはあった。

ボスを倒すと宝箱が出現したんだけど、実体を持たない俺は、その宝箱を開けられなかった。

宝箱に頭を突っ込んで中身を見たら、おそらくポーションだと思われる物が入っていた。

ダンジョンの壁やボス部屋の扉は通り抜けられないが、何故か宝箱は通り抜けられたんだ。

まあ、ポーションなら放置でいいか。

今の俺には、ダメージが入る毒と変わらないからな。

ボス部屋の奥に現れた階段を下って、十一階層へ進む。

因(ちな)みに、ホブゴブリンの魔石からは、剣術、槍術スキルしか取得できなかった。ゴブリンの上位種の癖にハズレだ。

十一階層からは、黒い狼や赤い犬、二足歩行の犬みたいなのはコボルトかな？　が出て来た。

何に驚いたかと言うと、赤い犬が火を噴きやがった。

黒い狼の方は、忍者みたいに気配を消しやがるので、コボルトが可愛く見えたよ。

十五階層までは、その三種類の魔物に加え、今まで現れた魔物が、少し強くなって出現した。

ソウルドレインで取得したスキルは、火魔法、隠密、毒爪の三つ。

毒爪なんて危ないスキル、人と握手できなくなりそうだけど、これは何時(いつ)も毒の爪が出ている訳じゃなく、ＯＮ／ＯＦＦができるみたいだ。

どうせ、レイスの俺には関係ないスキルだけどな。

そして十八階層で、ホーリーレイスの成長限界に至った。

順調過ぎて怖いくらいだな。

さて、進化先を選ぼうか。


ホーリーリッチ……神聖属性の光魔法に耐性を持つ特殊な死霊系の魔物。高い魔法耐性を持ち、種族スキル、光魔法と闇魔法、基本四属性に加え氷魔法、雷魔法を持つ。

スケルトンパラディン……骨の体を持つ魔物。武術スキルにプラス補正。種族スキル、骨再生、骨強化を持ち、高い物理耐性を誇り、神聖属性に耐性を持つ。

ホーリーグール……強靭な肉体を持つ。種族スキル、痛覚耐性、再生、怪力を持つ。神聖属性に耐性を持つ。


予想通り、レイスの次はリッチだった。

リッチになれば、実体化もアストラル化も自由自在になるみたいだ。

「さて、何を選ぶかだが……下の階層に下りるのにはどれも十分だな」

剣や槍などの武器術の鍛錬をしたいなら、スケルトンパラディンがいい。

ホーリーグールは体術を伸ばせるだろう。

逆にリッチは、もっと下の階層じゃないと成長し辛いだろうな。

そうなると、スケルトンかグールの二択になる。

「よし！　これに決めた」

名前：シグムンド
種族：スケルトンパラディン　レベル1

スキル：剣術　レベル4、短剣術　レベル2、体術　レベル4
　棒術　レベル1、槍術　レベル1、盾術　レベル1、弓術　レベル1
　ドレインタッチ　レベル3
　風魔法　レベル3、火魔法　レベル1、水魔法　レベル3
　光魔法　レベル4、闇魔法　レベル4
　体力強化、嗅覚強化、聴覚強化、毒生成
　病毒耐性、毒耐性、物理耐性、痛覚耐性、光属性耐性
　骨再生、骨強化、夜目、隠密、再生、悪食、精力強化、毒爪
ユニークスキル：ソウルドレイン
称号：異世界から紛れ込んだ魂、ネームドモンスター特異種

俺が選んだのはスケルトンパラディン。

新しいスキルは取得できなかったが、武術にプラス補正があるので、武術系スキルを鍛えたい。

実体を持つ種族へと進化したので、体の動きを確認する。

そして、自分の影から剣と盾を取り出す。

これは闇魔法のレベル４で覚えた影収納だ。

収納できる量はレベルに依存するので、今はまだそれ程の量は収納できない。ただ、剣や槍、盾などの武具を収納するのには十分だ。

「階層の踏破は遅くなるが、武術系スキルの鍛錬が優先だな。急がば回れだ」

武術系スキルを鍛錬しながらのレベルアップなので、階層を踏破するよりも、レベルや種族以外の部分を鍛えたい。

その後、俺は人型のホブゴブリンやアンデッド層で、グールやスケルトンの上位種を相手に、剣術スキルをメインに、槍と盾、更に棒術のスキルを鍛錬し続けた。

そんな訳で、二十階層のボス部屋の前に辿（たど）り着いた時には、かなり武術系スキルが高くなっていた。

しかし困った事に、スキルの限界が5なのか、もっと上なのかが分からない。

今の俺の強さを測る基準がないんだよな。

五話　またも定番に会えました

今から二十階層のボスに挑む。

俺の右手には、なかなかの業物（わざもの）のロングソード。左手には、ラウンドシールドを装備。兜（かぶと）はローマ軍風のカッシウス。

ほとんどが、スケルトンの上位種と武装したホブゴブリンのドロップ品だ。唯一、ロングソードだけは宝箱から入手した物で、これだけ武器のランクが数段上だった。

二十階層まで探索して、宝箱から得たまともな物がロングソードだけというのもどうかと思うが、他はポーション類が多かった。

……アンデッドの俺にポーションは必要ないからな。

二十階層のボス部屋の主人はオークだった。

一回り体格の大きなオークが一体と、普通のオークが三体。

普通のオークでも身長が二メートルはある。

デカイ方のオークは、二メートル五十センチくらいあるだろう。

種族名は分からない。

そういう俺もスケルトンパラディンになって、身長は二メートル程ある。だけど体格では勝てないな。何せ俺は骨だけだからな。

俺は火魔法のファイヤーアローを何本もばら撒きながら駆け出す。

同時に、視認が難しい風魔法のウインドカッターを放った。

「ヴゥオオオーー!!」

オーク達の、苦痛に呻(うめ)く声が上がる。

取り巻きのオークとの間合いを詰めた俺は、脇構えにしたロングソードを水平に振るう。

「ふん！」

返す剣で、その横のオークへ袈裟斬りの一撃を放ち、同時に親玉オークへ闇魔法のダークフォグを放って、視界を奪う。

この闇魔法は、ただ視界を奪うだけじゃなく、毒の追加ダメージを与える。

苦しみながら、闇雲に巨大な戦斧を振り回す親玉オーク。

戦斧の巻き添えを食らい、オークが倒れる。

俺は倒れたオークの首に剣を突き刺し、トドメを刺した。

残る一体の普通のオークが、上段から剣を振り下ろすのを、俺は剣で受け流す。

受け流されて体勢が崩れたオークの頸へ一閃、その太い頸を一太刀で斬り落とした。

ザシュ！

「ガァァァァーー!!」

魔法名を叫ばずに、親玉オークの足の甲にウインドカッターを放ち、その痛みで親玉オークの動きが止まる。

その隙を逃さず、斜め下から剣を喉へと突き入れた。

「ゴフッ!!」

剣を引き抜き、バックステップで距離を取る。

親玉オークは、喉から血を噴き出し、後ろへとゆっくり仰向けに倒れた。

ズシンッ！

「俺が女じゃなくて、骨で残念だったなブタ野郎。ふぅ、やっぱり戦闘は、不意打ち、奇襲、状態異常の付与だな」

黒い霧となって消えていくオーク達を眺めながら呟く。

俺と親玉オークとの間に、それ程の差はなかった。取り巻きに魔法使いのオークがいれば、俺も危なかったかもしれない。

まあ、その場合は魔法使いを一番最初に倒すだけだけどな。

四つの普通のオークの魔石と、一つの一回り大きな魔石を吸収する。

ここに来て、斧術なんて要らないんだけどな。

お、腕力強化は役立ちそうだ。

あとは剣術なので、スキルレベルに少し経験値が加算されるくらいか。

このオーク達の経験値は美味（おい）しかったみたいで、これでスケルトンパラディンの成長限界まで達する事ができた。

進化先を確認してみる。

ホーリーリッチ……神聖属性の光魔法に耐性を持つ特殊な死霊系の魔物。高い魔法耐性を持ち、種族スキル、光魔法と闇魔法、基本四属性に加え氷魔法、雷魔法を持つ。

スケルトンホーリーナイト……骨の体を持つ魔物。武術スキルにプラス補正。種族スキル、骨再生、骨強化を持つ。高い物理耐性と魔法耐性を持つ。闇属性無効、神聖属性に耐性を持つ。

ホーリーグール……強靭な肉体を持つ。種族スキル、痛覚耐性、再生、怪力を持つ。神聖属性に耐性を持つ。


スケルトンホーリーナイトか。現在のパラディン（騎士）からホーリーナイト（聖騎士）って、どっちが上って感じでもなさそうなんだけどな。能力は申し分なさそうだけど。

この先は、スケルトンホーリーナイトキングなのかな。めちゃ先が長いな。

じゃあ、次はホーリーグールかな。

成長限界は低そうだ。所詮はグールだからな。

名前：シグムンド
種族：ホーリーグール　レベル1
スキル：剣術　レベル6、短剣術　レベル2、体術　レベル5、斧術　レベル1
　　　　棒術　レベル4、槍術　レベル5、盾術　レベル5、弓術　レベル2

ドレインタッチ　レベル5
風魔法　レベル4、魔法　レベル3、水魔法　レベル4
光魔法　レベル6、闇魔法　レベル5
体力強化、嗅覚強化、聴覚強化、毒生成
病毒耐性、毒耐性、物理耐性、痛覚耐性
腕力強化、怪力、光属性耐性
骨再生、骨強化、夜目、隠密、再生、悪食、精力強化、毒爪
ユニークスキル：ソウルドレイン
称号：異世界から紛れ込んだ魂、ネームドモンスター特異種

何時もの手順でホーリーグールに進化したんだが、悲しいお知らせが一つ。

スキルレベルの上限が5じゃなかった。

俺としては、かなり剣の扱いは上達したと思ってたんだけどなぁ。お前はまだまだだとダメ出し食らった気分だ。

「……これは不味(まず)いな」

そして、少し困った事態に陥った。

「まるで変態じゃないか」

ホーリーグールの姿は、肌の色がグレーなだけで、人間と変わらなかった。

なのに俺の服装はスッポンポンだ。

ゾンビの時は気にならなかったけど、腐ってない体だと流石に気になる。

これまで手に入れた鎧を装備すれば、多少変態度は下がるだろうか。

「早く進化しないとな」

今まで人間に遭遇していないとは言え、俺自身がこの姿を許容できない。

俺は急いで次の階層へと下りた。


ここからが地獄だった。

火を噴くバカでかい蜥蜴(とかげ)や、体の表面が岩みたいな蜥蜴、人間なんてひと呑(の)みしそうな巨大な蛇(へび)、牛くらい大きな蛙(かえる)、アザラシくらいの大きさのヒル。

再生スキルがなければ、俺もやばかった。

また、ゾンビの時は直ぐに進化したから気にならなかったが、ホーリーグールになった事で、空腹感や喉の渇きを感じるようになった。

久しぶりの人間らしい感覚に、ここは喜ぶところなんだろうけど、今は勘弁して欲しかった。

俺はドレインタッチと、たまにドロップする蜥蜴肉や蛇肉で空腹を凌(しの)ぎ、水分に関しては、魔物に噛(かぶ)り付き、血を啜(すす)った。

思い出しても吐(は)き気がする。味覚が鈍感だったので助かった。

やっとの事でホーリーグールの成長限界まで到達した時、俺はもう、骨のままか透き通っててもいいやと思ってしまった。

魔石からソウルドレインで吸収したのは、頑強、熱感知、ジャンプ、吸血スキル。

頑強は、そのまま頑丈な体になる。物理的にもだし、毒や病気に対してもだ。

俺が病気になるかは疑問だけどな。

熱感知は、蛇から取得した能力で、サーモグラフィーのように熱を持つ対象をとらえる。別に赤く見える訳じゃなく、感覚的に分かる感じかな。

ジャンプは跳躍力の強化。吸血もそのままの意味で、血を吸って体力や魔力を回復する。

さて、進化先はどうだろうか。


ホーリーリッチ……神聖属性の光魔法に耐性を持つ特殊な死霊系の魔物。高い魔法耐性を持ち、種族スキル、光魔法と闇魔法、基本四属性に加え氷魔法、雷魔法を持つ。

スケルトンホーリーナイト……骨の体を持つ魔物。武術スキルにプラス補正。種族スキル、骨再生、骨強化を持つ。高い物理耐性と魔法耐性を持つ。闇属性無効、神聖属性に耐性を持つ。

レッサーエレボロス……強靭な肉体を持ち、尚且(なおか)つ高い不死性を持つ吸血鬼。種族スキル、吸血、痛覚耐性、高速再生、怪力、飛行を持つ。闇属性無効、神聖属性に多少の耐性を持つ。致命の弱点である日光と銀にも多少の耐性はある。

グールの次は吸血鬼か。俺は迷わずホーリーリッチを選択。

光が消えた後、俺は魔力で形成された、ローブを纏った骸骨の姿になった。

体が浮いているし、実体と幽体を自在に切り替える事ができるみたいだ。

これは剣や杖を使えるな。

ステータスを確認しよう。

名前：シグムンド
種族：ホーリーリッチ　レベル1
スキル：剣術　レベル6、短剣術　レベル4、体術　レベル6、斧術　レベル1
　棒術　レベル4、槍術　レベル5、盾術　レベル5、弓術　レベル2
　ドレインタッチ　レベル5
　風魔法　レベル4、火魔法　レベル4、水魔法　レベル4
　土魔法　レベル1、氷魔法　レベル1、雷魔法　レベル1

光魔法　レベル6、闇魔法　レベル5
体力強化、嗅覚強化、聴覚強化、毒生成、
病毒耐性、毒耐性、物理耐性、痛覚耐性
腕力強化、怪力、頑強、熱感知、ジャンプ、吸血、光属性耐性
骨再生、骨強化、夜目、隠密、再生、悪食、精力強化、毒爪
ユニークスキル：ソウルドレイン
称号：異世界から紛れ込んだ魂、ネームドモンスター特異種

完全に魔法寄りの種族だな。

これで空腹や喉の渇きを気にする心配はなくなった。暫(しばら)くは魔法の訓練だな。

六話　自覚なくバケモノ化する男

ホーリーリッチは強力な種族だ。
まさか成長限界がレベル80だとは思わなかった。

魔法攻撃力は凄まじく、敵の魔物が持つ多少の魔法耐性なんて、問題にならない程だ。

一方で、特に魔法に強い耐性を持つ魔物に対しては、武器を手に戦える。

その際は、スケルトンやグール時代に培った、武術系のスキルが役立ってくれる。

……リッチ最強なんじゃないだろうか？


二十後半～三十階層になると、ワンフロアが広くなり、それに比例して、探索に掛かる時間も長くなった。

しかも今までのような洞窟じゃなく、だだっ広い草原のフロアまであった。本当にファンタジーは何でもアリだと思ったよ。

そして、三十階層のボスはオーガだった。

物理至上主義の脳筋野郎は、リッチの敵じゃなかった。

まあ、相性の問題なんだけどな。

そして三十二階層で、やっとホーリーリッチの成長限界まで到達した。

この階層に至るまでに、象かと思うくらいデカイ牛の魔物からチャージを、色々な色のスライムから各種属性への耐性を、サイのように大きな羊から睡眠耐性を、何か小型の悪魔っぽいのから魅了耐性を、変な色の蛇から石化耐性を、ソウルドレインで取得した。

そして、睡眠耐性や魅了耐性、石化耐性を取得した事で、病毒耐性と毒耐性が合わさり、状態異常耐性になった。

そして魔法系の耐性も纏まり、全魔法耐性になった。

それによって、少しだけステータスパネルがすっきり見やすくなった。

さて、進化先の一覧は次のようになる。


ホーリーリッチロード……基本四属性の魔法と光魔法に耐性を持ち、闇魔法を無効化する特殊な死霊系最上位の魔物。種族スキル、光魔法、闇魔法と基本四属性に加え氷魔法、雷魔法、更に時空間魔法、重力魔法、錬金術を操る。

スケルトンホーリーナイト……骨の体を持つ魔物。武術スキルにプラス補正。種族スキル、骨再生、骨強化を持つ。高い物理耐性と魔法耐性を持つ。闇属性無効、神聖属性に耐性を持つ。

レッサーエレボロス……強靭な肉体を持ち、尚且つ高い不死性を持つ吸血鬼。種族スキル、吸血、痛覚耐性、高速再生、怪力、飛行を持つ。闇属性無効、神聖属性に多少の耐性を持つ。致命の弱点である日光と銀にも多少の耐性はある。


次の進化先はもう決めてあった。

若干の変動はあるものの、魔力量の総量や物理的な耐久力は、進化を経ても、失われずに加算されていく。

だから俺は、ここで魔法使い系最高峰のホーリーリッチロードを選択した。

ここで取得できる魔法属性は全て取得してしまうためだ。

今回の進化は、これまでの進化とは何かが違った。

全身に溢れ出す魔力の奔流に暫し唖然とするも、慌てて魔力を操作して体内で循環させる。

ステータスはこんな感じだ。

名前：シグムンド
種族：ホーリーリッチロード　レベル1
スキル：剣術　レベル6、短剣術　レベル4、体術　レベル6、斧術　レベル1
　　　棒術　レベル6、槍術　レベル5、盾術　レベル5、弓術　レベル2
　　　ドレインタッチ　レベル5
　　　風魔法　レベル7、火魔法　レベル8、水魔法　レベル6
　　　土魔法　レベル6、氷魔法　レベル6、雷魔法　レベル7
　　　光魔法　レベル7、闇魔法　レベル8
　　　時空間魔法　レベル1、重力魔法　レベル1
　　　錬金術　レベル1

体力強化、嗅覚強化、聴覚強化、毒生成
状態異常耐性、物理耐性、痛覚耐性
腕力強化、怪力、頑強、熱感知、ジャンプ、チャージ、吸血
全魔法耐性、闇属性無効
骨再生、骨強化、夜目、隠密、再生、悪食、精力強化、毒爪
ユニークスキル：ソウルドレイン
称号：異世界から紛れ込んだ魂、ネームドモンスター特異種

ホーリーリッチロードとなった俺は、ダンジョン探索であまり苦戦しなくなった。

ここで全くじゃなく、あまりと言ったのは、生命力がバカ程高く、しかも魔法耐性の高い魔物がたまに出没したからだ。

結果的に、様々な属性魔法を複合できる俺が勝ったが、多少時間が掛かったのは間違いない。

舐(な)めていい敵なんていないと、気を引き締めた。

四十階層に近付くにつれ、宝箱からレアな物をゲットできるようになった。

剣や槍などの武器だけじゃなく、鎧や兜、ローブや魔法使い用の杖など。

全て影収納の中に入れた。

闇魔法のレベルも8になり、影収納の収納量は増えて、感覚的にはドーム球場くらいはあるかもしれない。

ここで、魔法関係のスキルレベルをある程度一気に上げておきたい。

そうすれば、残る進化先であるスケルトン系と吸血鬼系を選んでも、魔法に困る事はないだろう。

幸いにも、スケルトン系も吸血鬼系も、ここまで来ると魔法に適性があるみたいだしな。

四十階層のボスは、なんとリッチだった。

リッチがレイスやスケルトン系の上位種を、大量に召喚して攻撃してくる。

死霊召喚は闇魔法の一つだが、俺は好んで使わなかった。

何が悲しくて、死霊を側に置かなきゃいけないんだよ。

側に置くなら、ボンッキュボンッのグラマラスなお姉ちゃんがいいんだよ！

話は逸れたが、四十階層のボス部屋は無駄に広く、リッチがワラワラと眷属を召喚する。

俺はリッチから飛んでくる魔法を障壁で防ぎながら、光魔法の広範囲攻撃魔法で、部屋全体に魔法ホーリーレインを撃ちまくった。

上位種の敵とはいえ、光魔法が雨のように降り注ぐ中、抵抗もできずに霧となって消えていく。

これ以上の威力を持つ光魔法もあるのだが、俺も耐性があるとはいえ無効じゃないから、たとえ障壁を張った状態でも安心できない。

これでも俺はアンデッドだからな。自分の魔法でダメージを受けるなんてヤダよ。

何回かスケルトンやレイスをお代わりすると、召喚主のリッチが耐えられなくなったようで、崩れるように消えてしまった。

数えるのも億劫(おっくう)な数の魔石を前にして、うんざりしたのは仕方ない。

どうせコイツらからは、新しいスキルを得られないのだから。

結果を見れば、ワンサイドゲームだった。まあ、俺はリッチの上のリッチロードだから、負ける訳にはいかないしな。

ただ眷属を召喚してくれたお陰で、ボス戦を経て、俺は成長限界に達した。

ここまでに、俺がソウルドレインで取得したスキルは、炎熱耐性、寒冷耐性、剛力、俊敏強化、防御力強化だ。

炎熱耐性は、炎を身に纏った大きなネズミから取得した。火魔法への耐性と、高い気温に対する耐性みたいだ。

寒冷耐性は、炎熱耐性の真逆の能力のスキル。これは雪男みたいな魔物から取得した。

剛力は、怪力の上位互換スキルで、腕が四本もあるゴリラみたいな魔物から取得した。その際、怪力スキルが剛力に統合された。

俊敏強化は、すばしっこいイタチのような魔物から取得した。

防御力強化は、初遭遇したストーンゴーレムからだ。

ステータスを確認しよう。

名前：シグムンド
種族：ホーリーリッチロード　レベル100（進化可）
スキル：剣術　レベル6、短剣術　レベル4、体術　レベル6、斧術　レベル1
　棒術　レベル6、槍術　レベル5、盾術　レベル5、弓術　レベル2
　ドレインタッチ　レベル6
　風魔法　レベル8、火魔法　レベル9、水魔法　レベル8
　土魔法　レベル7、氷魔法　レベル8、雷魔法　レベル8
　光魔法　レベル9、闇魔法　レベル10
　時空間魔法　レベル4、重力魔法　レベル5
　錬金術　レベル2
　体力強化、嗅覚強化、聴覚強化、毒生成
　状態異常耐性、物理耐性、痛覚耐性
　炎熱耐性、寒冷耐性、俊敏強化、防御力強化
　腕力強化、剛力、頑強、熱感知、ジャンプ、チャージ、吸血

全魔法耐性、闇属性無効

骨再生、骨強化、夜目、隠密、再生、悪食、精力強化、毒爪

ユニークスキル：ソウルドレイン

称号：異世界から紛れ込んだ魂、ネームドモンスター特異種

魔法系は錬金術以外、軒並み高レベルに達した。

ちなみに錬金術は生産系の魔法だから、ダンジョン探索中に使いどころがなかった。

まあ、魔法系の最終形態なので、不思議道具や薬品の研究とかするんだろう。今のところ俺には関係ないが。

進化先は次の通り。

スケルトンホーリーナイト……骨の体を持つ魔物。武術スキルにプラス補正。種族スキル、骨再生、骨強化を持つ。高い物理耐性と魔法耐性を持つ。闇属性無効、神聖属性に耐性を持つ。

レッサーエレボロス……強靭な肉体を持ち、尚且つ高い不死性を持つ吸血鬼。種族スキル、吸血、痛覚耐性、高速再生、怪力、飛行を持つ。闇属性無効、神聖属性に多少の耐性を持つ。致命の弱点である日光と銀にも多少の耐性はある。

リッチロードは最終進化形態だからか、進化先が二系統に減った。

さて、次は武術系――スケルトンホーリーナイトを極めるか。

七話　俺の目的って何だったっけ？

俺は今、六十階層のボス部屋で休憩している。

アンデッドの俺に疲労はないから、精神的なものだ。

ここまでに、威圧、竜の咆哮、生命力強化、魔力強化を取得した。

威圧、竜の咆哮は、どちらもドラゴンから得た。

威圧は説明するまでもないだろうし、竜の咆哮はドラゴンのブレスの事だ。

幸いにも、口からじゃなくてもブレスは発射可能だったので助かっている。

ドラゴンでもないのに口からブレスなんか噴いたら、口の中がどうなるか分からないからな。

それと、スケルトンホーリーナイトを経て、スケルトンホーリーナイトキングも成長限界まで達した。

現在のステータスを確認しよう。

名前：シグムンド
種族：スケルトンホーリーナイトキング　レベル100（進化可）
スキル：剣術　レベル10、短剣術　レベル6、体術　レベル8、斧術　レベル6
　棒術　レベル8、槍術　レベル9、盾術　レベル7、弓術　レベル8
　ドレインタッチ　レベル6
　風魔法　レベル8、火魔法　レベル9、水魔法　レベル8
　土魔法　レベル7、氷魔法　レベル8、雷魔法　レベル8
　光魔法　レベル9、闇魔法　レベル10
　時空間魔法　レベル5、重力魔法　レベル6
　錬金術　レベル2
　体力強化、嗅覚強化、聴覚強化、毒生成
　状態異常耐性、物理耐性、痛覚耐性
　炎熱耐性、寒冷耐性、俊敏強化、防御力強化
　生命力強化、魔力強化
　腕力強化、剛力、頑強、熱感知、ジャンプ、チャージ、吸血

威圧、竜の咆哮、全魔法耐性、闇属性無効
骨再生、骨強化、夜目、隠密、再生、悪食、精力強化、毒爪
ユニークスキル：ソウルドレイン
称号：異世界から紛れ込んだ魂、ネームドモンスター特異種

もう進化先の選択肢に悩む必要もない。

レッサーエレボロス……強靭な肉体を持ち、尚且つ高い不死性を持つ吸血鬼。種族スキル、吸血、痛覚耐性、高速再生、怪力、飛行を持つ。闇属性無効、神聖属性に多少の耐性を持つ。致命の弱点である日光と銀にも多少の耐性はある。


早速レッサーエレボロスに進化すると、久しぶりに人間らしい姿へと変わった。

白い肌に銀色の髪。骨じゃなく、ちゃんとした肉体がある事に少し感動する。

もう時間の感覚がないので、どのくらい久しぶりかは分からないが。

俺は、影収納に入れておいた、宝箱から入手した服を着る。

肌触りの良いインナーに、上質なシャツにパンツとジャケット、靴下と革のベルト、ブーツも履

く。最後にローブを羽織れば完璧だ。

この服や靴は、中層より下の宝箱に入っていただけあって、全てマジックアイテムだ。

宝箱から得た、鑑定眼鏡という魔導具で調べて分かった。

魔法や物理攻撃への耐性は勿論、快温調節という機能や、防汚、自動修復を持つ。

炎熱耐性と寒冷耐性を持つ俺には、快温調節は必要ないが、高性能なのは間違いない。

他にも鑑定したいアイテムは大量にあって、収納空間に入れっぱなしだが、多過ぎるからボチボチと少しずつ調べていこうと思う。

剣帯に、剣――クラウ・ソラスを佩く。

この剣は、地球の伝説の光の剣と同じ名を持ち、光属性を持っている。

これまで光属性に耐性を持つ魔物に遭遇した事がないので、気に入って使っている。

何より見た目が良いからな。

レッサーエレボロスというバンパイアの一種に進化して、再び俺は宙を飛ぶ能力を手にした。

まあ、空中では武術の使用に差し障りがあるので、これまで通り地面を歩くんだけどな。

探索を再開した俺は、普通のバンパイアでは無理筋の魔物達を蹂躙しながら進む。

ゴースト系、スケルトン系、ゾンビ系と進化を重ねてきた俺の能力は、既にバンパイアの範疇には入らない。

ランク的にはずっと下の俺が、本来ずっと強い魔物を大量に倒していく訳だから、大量の経験値が入ってくる。

八十階層をクリアする頃には、レッサー種から貴種吸血鬼であるノーブルエレボロスを経て、とうとう吸血鬼種族の頂（いただき）に進化可能となった。

ちなみに、その二つの種族の説明はこんな感じだ。


ノーブルエレボロス……強靭な肉体を持ち、尚且つ高い不死性を持つ吸血鬼。種族スキル、吸血、痛覚耐性、高速再生、怪力、高速飛行を持つ。闇属性無効、神聖属性に耐性を持つ。致命の弱点である日光と銀にもそれなりに耐性を持つ。蝙蝠や狼へと姿を変えられる。また、自身を霧の状態へも変化させる事ができる。

エレボロスロード……強靭な肉体を持ち、尚且つ究極の不死性を持つ吸血鬼の不死王（ノーライフキング）。種族スキル、吸血、痛覚耐性、超速再生、怪力、高速飛行を持つ。闇属性無効、神聖属性に耐性を持つ。致命の弱点である日光と銀を克服した。蝙蝠や狼へと姿を変えられる。また、自身を霧の状態へも変化させる事ができる。


では、エレボロスロードのステータスを見てみよう。

名前：シグムンド
種族：エレボロスロード　レベル1
スキル：剣術　レベル10、短剣術　レベル8、体術　レベル9、斧術　レベル6
　棒術　レベル8、槍術　レベル9、盾術　レベル7、弓術　レベル8
　ドレインタッチ　レベル7
風魔法　レベル8、火魔法　レベル9、水魔法　レベル8
土魔法　レベル7、氷魔法　レベル8、雷魔法　レベル8
光魔法　レベル9、闇魔法　レベル10
時空間魔法　レベル6、重力魔法　レベル7
錬金術　レベル2
体力強化、五感強化、直感、毒生成
状態異常無効、物理耐性、痛覚耐性
炎熱耐性、寒冷耐性、俊敏強化、防御力強化
生命力強化、魔力強化
腕力強化、剛力、頑強、熱感知、ジャンプ、チャージ、吸血
威圧、竜の咆哮、霧化、変化、全魔法耐性、闇属性無効
骨再生、骨強化、夜目、隠密、高速飛行、超速再生、悪食、精力強化、毒爪

ユニークスキル：ソウルドレイン
称号：異世界から紛れ込んだ魂、ネームドモンスター特異種、進化の系統樹を踏破した者

進化した時点で、称号が一つ増えた。

進化の系統樹を踏破した者……全ての可能性を歩んだ者。レベル、ステータスの限界を解除。


レベルの上限がなくなっちゃったよ……。

ただ、スキルのレベルは10がＭＡＸみたいだな。

最終的にエレボロスにしたのは、見た目の問題があるからだ。

リッチやスケルトンじゃ、ダンジョンから出られないからな。

外の世界に人間がいるのかは分からないが、だいたいのスケルトンが人間の骨格だったから、きっと大丈夫だ。

外に出ても、人型がゴブリンやオークしかいなかったとしたら、悲し過ぎる。

それと状態異常耐性が無効になったのと、聴覚強化や嗅覚強化に視覚強化が加わって、五感強化になった。

加えて、直感という非常に汎用性の高いスキルを取得した。
ソウルドレインでの変化はそのくらいだ。
流石に新しいスキルを取得するのは難しくなってきた。

そして俺は今、これまでのボス部屋の扉とは重厚さと豪華さが違う巨大な扉の前に立っていた。
進化後の能力の確認を兼ねて、できるだけ魔物と戦ってきたが、ここが最後だと何となく理解した。

俺が扉に手をかけると、ゆっくりと扉は開いていく。
待ち受けていたのは、漆黒の鱗に覆われた巨大な黒竜だった。
黒竜が俺を敵と認識し、咆哮を上げる。
黒竜の咆哮は、物理的な衝撃となって俺へと襲い来る。
さあ、戦おう。

八話　俺氏、目的がなかった事に気付く

俺は、だだっ広い空間にへたり込んで回復を待っていた。

周囲には、巨大な牙や爪、鱗が落ちている。大きな魔石もあった。

俺はと言うと、激しい戦いで傷ついた体の怪我は、瞬時に再生された。

破れた服やローブは、今も周辺の空気中にある魔力で、自動修復の途中だ。

黒竜はめっちゃ強かった。

攻撃力がハンパないし、生命力もバカ高いのか、今までで一番時間が掛かった。

ただし俺も進化を重ね、体力や魔力は黒竜に負けてなかったし、やられても直ぐに再生する。

しかも普通に回復魔法が効くからな。今回は、回復魔法を自分に使う必要もなかったが、死に難さで言うと、黒竜よりも俺の方が上だったたって事だろう。

俺は途中、黒竜の流した血を美味しくいただいて、体力や魔力の回復もしてたからな。

もう何時の事だったか忘れたけど、喉の渇きを癒すのに何度か魔物の血を飲んだ記憶はあるけど、前過ぎてどんな味だったか覚えてないや。

それにしても、最初に飲んだのが魔物の血って、どうかと思うけどな。

こういうのは普通、乙女の血じゃないの？

「よっこらしょっと、はぁ、このダンジョンは終わりか？」

俺は立ち上がり、ドロップしたアイテムを回収する。

魔石は少し悩んだが、ソウルドレインせずに回収した。

今更、新しいスキルを得られるとは思えないし、あのサイズの魔石なら、残しておけば何かに使えるかもしれない。

実は、ソウルドレインしていない魔石も、山程影収納の中に入っている。

進化のために魔物を見つければ狩っていたので、特に下層の魔石が一杯あった。

顔を上げると、いつの間にか部屋の中に、豪華な装飾が施された宝箱が鎮座していた。

罠を気にせず開ける俺。

金貨や銀貨などの沢山のコインの他に、フード付きの黒いコートと、一振りの剣が入っていた。

鑑定眼鏡で調べてみると、剣の名前はアスカロン。竜殺しの剣だった。

できれば黒竜と戦う前に欲しかったと思うのは、きっと俺だけじゃない。

勿論、全て回収する。

すると、部屋の奥に光る魔法陣が出現した。

俺は、アイテムを回収し忘れてないか確認してから、迷わずに魔法陣へと進む。

魔法陣のセンターに立つと、光の柱が立ち上がり、視界が一瞬で切り替わる。

——俺は森の中に立っていた。

「……何か見覚えがあるな」

確か俺がまだゴーストだった時、この森は危ないと思って洞窟に逃げ込んだんだ。

俺が振り返るのと、洞窟が崩れるのは同時だった。

ズゴゴゴォオオオッ!!

「…………これって、ダンジョンを攻略したから崩壊したのか？」

ダンジョンを攻略すると崩壊するのか、それともこのダンジョンが特別なのか……

まあ、考えたところで何も変わらないか。

「しかし、あれだけ何かヤバイ感じがした森が、嘘（うそ）みたいだな」

魔物の気配は感じるが、全力で俺から離れていく。

これって俺の所為なのか。

そこで俺は隠密スキルを使う。

自然に漏れ出る魔力を体に留め、気配を消すと、騒がしかった森の様子が落ち着いた。

ああ、やっぱり俺が原因だったのか。

多分、この森には弱い魔物が多いんだろう。俺の魔力を感じて逃げ出したんだ。

一応、ステータスパネルを確認してみる。

「うわぁ……」

名前：シグムンド
種族：エレボロスロード　レベル126
スキル：剣術　レベル10、短剣術　レベル8、体術　レベル9、斧術　レベル7

棒術　レベル8、槍術　レベル9、盾術　レベル7、弓術　レベル8
投擲　レベル4
ドレインタッチ　レベル8
風魔法　レベル9、火魔法　レベル9、水魔法　レベル8
土魔法　レベル8、氷魔法　レベル8、雷魔法　レベル8
光魔法　レベル9、闇魔法　レベル10
時空間魔法　レベル7、重力魔法　レベル8
付与魔法　レベル4、錬金術　レベル4
体力強化、五感強化、直感、毒生成
状態異常無効、物理耐性、痛覚耐性
炎熱耐性、寒冷耐性、俊敏強化、防御力強化
生命力強化、魔力強化
腕力強化、剛力、頑強、熱感知、ジャンプ、チャージ、吸血
威圧、竜の咆哮、霧化、変化
全魔法耐性、闇属性無効
骨再生、骨強化、夜目、隠密、高速飛行、超速再生、悪食、精力強化、毒爪
ユニークスキル：ソウルドレイン

称号：異世界から紛れ込んだ魂、ネームドモンスター特異種
　　進化の系統樹を踏破した者、深淵の迷宮討伐者

やっぱりダンジョンは攻略したようだ。称号がきっちりと増えている。

百階層のボス部屋までの間にソウルドレインで得たのは、リッチ系の持っていた付与魔法だ。

付与魔法は、短時間剣や防具など、物に任意の効果を付与するか、魔石などを触媒に永続的に付与する。役立つ魔法だからよかった。

俺の着ている服やブーツなんかも、永続的に付与されたマジックアイテムになった。

中層辺りで魔物から拾った要らない剣を、一時的に付与で強化して投擲する戦法で、雑魚敵を倒していた。

レベルも100を超えて上がってるし、俺って強いのかな？

「そういえば、あれっ？　俺ってどうしてダンジョンなんか攻略してたの？」

森に嫌な感じがして洞窟に入ったまではいい。その後、なぜ百階層のボスまで討伐しているのか……

俺は思わず、その場で四つん這いになって落ち込んだ。

「いや、こうして実体を持つ種族に進化した事を思えば、無駄じゃなかった筈だ」

ガバッと起き上がり、全身に浄化をかける。

淡い光が全身を覆い、ボス戦の汚れや、四つん這いになった時の汚れがキレイになる。

アンデッドを消滅させたり、瘴気(しょうき)を払ったりするのが本来の浄化なんだけど、その副次効果として汚れもキレイになる。

アンデッドの俺が、光魔法の浄化で汚れをキレイにするのはどうかと思うが、便利だから使用頻度は高い。

いや、バンパイアはアンデッドじゃないのか？

「さて取り敢えず、この世界に人間が住んでいたとしても、バンパイアは街では暮らせないよな」

人の営(いとな)みの中で、バンパイアが共存するイメージが湧かない。

まあ、俺は血を飲まなくても平気だから、バレなかったら大丈夫かもしれないけど、リスクは高そうだ。

俺は光の属性を持つ特殊なバンパイアから進化していったからか、もうバンパイアって呼んでいいのかさえ分からない。

吸血鬼らしいところと言えば、血を吸うと体力や魔力を回復できる点と、霧になれたり、狼や蝙蝠に変化できたりする点か。

ああ、あとはエグイ不死性だな。大概の事では死なないからなぁ。

それこそ、心臓を壊されても一瞬で再生する。

うん、ダメだな。人間とは暮らせそうにない。

「はぁ、今世はボッチ確定かぁ」

前世で友達が多かったかどうかも忘れてしまった。

だいたい、ゴーストとして転生してから何年くらい経ったのかも分からないし。

「何処かに引き籠もるか」

ボソリと口から出た言葉だったが、俺はそれもありだと思い始めた。

ダンジョンでずっと一人だった所為か、独りきりの引き籠もり生活も悪くないように感じる。

「フフッ、俺は孤独を愛する戦士なのさ」

俺は芳(こう)ばしいセリフを吐いて歩き出した。


何時間歩いただろう。全く疲れないからある事を忘れていた。

「俺って飛べるじゃん」

膝から崩れそうになるのを我慢して、高く飛び立ってみる。

「わぉ……」

高い樹々の上まで飛んだ俺の目に飛び込んできたのは、一面の緑色だった。

「森ばっかりじゃねぇか」

めちゃくちゃ広大な森でした。

「ん？　あっちは山か？」

目に魔力を集めると遠くまで視認できる。もともと俺の目は良いみたいだが、五感強化スキルと魔力を使えば、望遠鏡顔負けの視力が得られた。

見えたのは、そこそこの高さの山が連なる光景だった。

現在の位置からの方角は定かではないが、感覚的に西だと判断する。

これは直感スキルが言っているので、多分間違いないだろう。

「よし、あっちに行ってみよう」

飛んで行ってもいいのだが、途中で水場があれば水分の補給もしておきたい。

まあ、最悪魔物の血でも可。

黒いコートをはためかせ、森の中を駆け抜ける。

いや、駆け抜けるという表現は正確じゃないな。

俺は樹々を蹴りながら、地上三メートル辺りを高速で跳び進んでいた。

フード付きの黒いコートは、ダンジョンの最下層のボス部屋の宝箱から得た物だ。

最下層の宝箱からなので、性能は高い。

もともと吸血鬼っぽい服装でもなかったので、ボス戦まで着てたローブでもいいのだが、元日本人の俺は、ローブよりもコートの方がしっくりとくる。

そして腰に光の剣クラウ・ソラスを佩いていると、バンパイアって何？　って聞きたくなるよな。

まあ、太陽の光を心地よく感じ、シルバーのアクセサリーも全然平気なので、バンパイアじゃないのかもな。

その時、ふと生き物の気配がして、俺は地面に降り立った。

「おおっ、デカイ猪か？」

見た目は確かに猪だ。

牙がマンモス並みにでかくて長く、四本もある。

いや、それ以上に……

「アフリカ象よりも大きくないか？」

魔力を漏らさず気配を抑えているからか、俺を見つけたバケモノ猪は猛然と突進して来た。

俺の身長は人間と変わらない。

測っていないので正確ではないが、前世の感覚からだと、百九十センチ弱か。

日本人なら背が高いと言われるだろうが、今の俺は銀髪だからな。

顔の造形は確認していないので分からないが、多分西洋人風だと思う。

そんなどうでもいい事を考えていると、もう猪が目前まで迫っていた。

あんな大重量が突進して来るんだから、威圧感や圧迫感、恐怖感なんかがあってもよさそうだが、以前に黒竜を見ちゃってるからねぇ。

それに、猪の魔力を探ると、ダンジョンの二十階層付近の魔物程度だと分かる。

ズンッ！

俺は片手でデカイ猪の突進を受け止めた。

「こんなもんか」

見掛け倒しも甚だしい。

「このくらいでいいかな」

片手で受け止めた猪の額に向け、俺は指を一本だけ伸ばして、前に突き出す。

ブスッ！

ドッシーーンッ!!

眉間を貫かれたデカイ猪はそれだけで倒れた。

呆気ないな。やっぱりこの森の魔物は弱いのが多いんだな。

折角の獲物なので、空間収納に入れておく。影収納だと腐るから。

時空間魔法で覚えた空間収納の方は、時間経過がない。生き物は無理だけど、生鮮食品を保存するにはコッチと決めている。

「よく考えたら久しぶりの食事だな。調味料がないのが悔やまれる。せめて塩を探そうかな」

岩塩とかないかな。

あっ、もしかしたら錬金術で土の中の塩分を分離できるか？

見つからなかったらやってみよう。

九話　引き籠もれる場所を見つけた

遠くに見えていた山までは、それ程時間が掛からなかった。

もう人間の頃の身体能力を忘れたけど、俺って凄いのかな？

えぐいスピードで目的の場所まで到達できた。

「これ、山に登ってみるか」

いや、空から調べるか。

空高くに飛び立つと、ダンジョンがあった場所は、森のど真ん中だったと分かる。

「ん？　あれは、川なのか？」

山から南に二キロくらいの距離に、西から東方向へ流れる、かなり流量の豊富な河川を見つけた。

早速、空を飛んで向かう。

「おおっ、めっちゃ綺麗じゃない？」

空から降り立ち、水を汲んで喉を潤す。

「うっ、美味い！　何これ！　めっちゃ美味い！」

よく考えたら、血以外の水分を摂取したのは久しぶりだった。

「んっ？　おおっ⁉　おお‼」

川面に映る自分の顔を見て驚く。

髪の毛が銀色になってたのは知ってたし、顔立ちが日本人とは違うのも分かってた。だけど男前じゃないか、これ。

俺は土魔法で器を作ると、そこに水を張って覗き見た。

やっぱりクール系の美男子だった。

誰だよコレ。中身とのギャップが酷いな。

「あれ？　吸血鬼って、鏡に姿が映らないんじゃなかったのか？」

そう言えば、目も赤くないな。どう見てもアイスブルーだ。まぁいいか。

うん、引き籠もれば顔の良し悪しなんて関係ない。

先ずは住む場所を決めないとな。

「よし、この川の近くを切り拓いて引き籠もろう」

さっきこの川まで飛んだ時に、川を越えた南側に、森の切れ目が視認できた。

そこで俺は、南側を切り拓く事にした。

この森は広大だけど、ダンジョンがあった辺りに一番濃密な魔力を感じた。まあそれでも、ダンジョンの中層以降とは比べものにならないくらい薄いんだけど。

で、この山の辺りはダンジョン跡に比べて魔力がかなり薄い。

更に、川の南側の方がもっと薄くなっていってるんだ。

よって、南側の方が安全だと判断した。

川に近過ぎると氾濫の危険もあるので、川から一キロくらい離れる。山からも五キロ離れたが、今の俺なら一瞬で行ける距離だ。

その場に立ち、周囲を見渡す。

「しかし、森の樹々が立派過ぎないか？」

ダンジョンの周辺もそうだったが、魔物の気配はすれど、人の入った痕跡や気配はなかったので、まさに原始の森だった。

まあ、どうせ伐採するんだけどな。

俺は腰のクラウ・ソラスを抜いた。

魔法でも大丈夫だけど、加減がいまいち分からない。その点、剣なら加減ができるからな。

剣を一振り横に薙ぐと、目の前の巨木が一度に数本、伐採される。

そして次の瞬間、切り株を残して消えた。

勿論、俺が影収納に入れただけである。

木を切るのもなかなか面白いな。

「……調子に乗り過ぎた」

気が付いたら、切り株だけが残る更地が、五百メートル四方くらい広がっていた。

「ま、まあ、広い分にはいいか。大は小を兼ねるって言うしな」

俺はいったい誰に言い訳をしてるんだろう。

切り株を魔法で粉砕すると、土魔法で地表から一メートルくらいを掘り返し、攪拌(かくはん)した。

「いや、待てよ。畑を作れれば良いと思ったけど、種も苗(なえ)もないじゃん」

野菜を取らないといけない体じゃないけど、どうせなら野菜も食べたい。

ま、それは、後回しでいいか。

先ずは家を建てよう。位置は、更地のど真ん中でいいかな。

俺は家の完成イメージをしっかりと持ち、重力魔法で地面を押し固める。

東西に長い、キレイな長方形に地面が陥没(かんぼつ)した。

地面を五メートル程陥没させたところで重力魔法を解除。

土魔法で、硬く圧縮された土を石へと変える。

ここで、建物の基礎工事を行う。

地下室となった所を壁で仕切り、階段を造っておく。

床面と壁面を強化して、一旦作業をやめた。

俺は木材の製材作業をしようと、伐採した大量の木材を取り出す。

「水分をゆっくりと抜いてみるか」

伐採した木がそのままでは使えない事くらい、子供でも知っている。普通は長い時間を掛けて乾燥させるものだ。

不老不死の俺には、時間は幾らでもあるけど、流石にじっと待ってるのもね。

折角、魔法という便利なものがあるのだから、魔法で乾燥させてみる。

結果的に、イメージが明確だったからなのか、魔法のスキルレベルが高いからなのか、簡単に木材を乾燥させる事ができた。

この際だから、全部の木材を乾燥させてしまおう。

新しい木材を取り出しては乾燥させて収納する、という作業を繰り返す。

今の俺は、二十四時間作業を続けても疲れない。夜の闇も関係ないのだが、作業に飽きる事だけがネックだった。

だから俺は、木材の加工、石材の準備、川から水路を引く作業、敷地と森を隔てる壁を造る作業などを、ローテーションで行う事で、飽きを防いだよ。

農業もしたいので、ため池を造り水路と繋(つな)げ、また川へと水路を造り水が淀まないようにする。

どれくらいの時間が経っただろう。

ダンジョンでは空腹感を覚えなかったんだが、外に出てからは食欲がある。

あのデカ猪も食べ尽くしたが、森の中に入れば獲物は幾らでもいたので、食料には困らなかった。

当然、食物を食べれば、出るものが出る。

ただ、俺の消化器官は特殊なようで、その頻度は少なかった。

どうやらほとんどを消化吸収してしまうみたいだ。

そして家が完成した。いわゆる洋館というやつだ。

バンパイアが住むならやはり洋館だろう。

一人で住むには広過ぎる屋敷だが、状態保存の魔法を掛けてあるから汚れないし、埃も溜まらない。

家具もコツコツと手作りした。道具から手作りだけどな。

家を建てるのに、釘や金槌が必要だったんだ。

日本の神社仏閣みたいに、木組みだけで建てられる訳ない。

山で鉄を抽出し、精錬して鉄製品を作る。勿論、全部魔法でだ。

ここでは土魔法と錬金術が役立った。

塗料も、森から採った植物や魔物から生み出した。防腐効果や防虫効果は、鑑定眼鏡でちゃんと確認済みである。

植物や魔物から錬金術で糸を作ったんだが、魔法で布に織るのは無理だったので、今のところは諦めた。

それから、畑も意外と順調だった。

森の中や南の草原に近い場所、山に近い場所なんかから食べられる植物を採取して、育てられそうなものを植えると、種は簡単に芽吹いたし、苗もあっさりと根付いて、その後の成長も速かった。速過ぎる気がしないでもないが、気にしない事にしている。

屋敷が完成し、畑も形になり、庭も整ったが、更なる生活の向上に向け俺は頑張った。

元日本人として快適な生活は譲れないと、照明器具、トイレ、お風呂、オーブンやコンロに冷暖房まで……

勿論、電気もガスもないが、そこはファンタジーな世界、錬金術と付与魔法で解決だ。

屋敷の各所には照明の魔導具を取り付け、スイッチで点灯できるようにしてある。

トイレやお風呂の排水は、浄化して綺麗にした後に排水路へと流している。

生活向上のために妥協なく頑張っていると、木工細工や革細工なんかのスキルを修得できた。

ソウルドレインじゃないスキルの獲得は、純粋に嬉しかったな。

名前：シグムンド
種族：エレボロスロード　レベル１２６
スキル：剣術　レベル10、短剣術　レベル8、体術　レベル9、斧術　レベル7
　　　棒術　レベル8、槍術　レベル9、盾術　レベル7、弓術　レベル8
　　　投擲　レベル4

大工　レベル5、木工細工　レベル6、革細工　レベル5

鍛冶（かじ）　レベル7、彫金細工　レベル4

ドレインタッチ　レベル8

風魔法　レベル9、火魔法　レベル9、水魔法　レベル8

土魔法　レベル8、氷魔法　レベル8、雷魔法　レベル8

光魔法　レベル9、闇魔法　レベル10

時空間魔法　レベル7、重力魔法　レベル8

付与魔法　レベル8　錬金術　レベル7

体力強化、五感強化、直感、毒生成

状態異常無効、物理耐性、痛覚耐性

炎熱耐性、寒冷耐性、俊敏強化、防御力強化

生命力強化、魔力強化

腕力強化、剛力、頑強、熱感知、ジャンプ、チャージ、吸血

威圧、竜の咆哮、霧化、変化、全魔法耐性、闇属性無効

骨再生、骨強化、夜目、隠密、高速飛行、超速再生、悪食、精力強化、毒爪

ユニークスキル：ソウルドレイン

称号：異世界から紛れ込んだ魂、ネームドモンスター特異種

だけど、これは悪手だったかもしれない。

俺が調子に乗る性格なのは、自分でも分かってた筈なのに、やってしまった。

作業するための工房や鍛冶小屋に炉まで造って、物作りに嵌まってしまったのだ。

この場所に来て、少なくとも二十年は経った時に、ハッとして気付いた。

スローライフとは程遠い、勤勉な修行中の職人の生活じゃないか。

俺は久しぶりに、膝から崩れ落ちたのだった。

十話　眷属兼執事とメイド

その日、私――セブールの孫娘、リーファが耳を疑う話を持って来ました。

「この深淵の森に、畑と家が出来ていたと？」

「そうなの。ただ、近付くのが怖くて遠くから見ただけだけど、山に近くて川が流れている場所の近くにあったわ」

「お前が怖いと感じましたか。一度確かめる必要がありそうですね」

ここは広大な大森林地帯、深淵の森の北にある私の住み家です。

深淵の森は、世界最大の魔境です。

中央部には、不帰(ふき)の迷宮と呼ばれるダンジョンが存在すると言われていますが、中央部へ向かい、帰った者はいません。故に、不帰の迷宮と呼ばれているのです。

そんな森に住む私もそれなりの強者です。

一般人では、この森では三日も生きてはいけませんから。

昔、魔王国にて、先代魔王様に執事として仕(つか)えた私は、魔王様亡(な)き後、この森で隠棲(いんせい)するようになったのです。

魔王様が勇者に倒されたのかですって?

そんな事はありません。魔王様は、勇者など片手間に葬(ほうむ)れる程強大な力を持っていましたから。

何故亡くなったのかと言いますと、ご嫡男(ちゃくなん)様に討たれたのです。

魔王様も、まさか我が子に討たれるとは思っておらず、油断していたのでしょう。

先代魔王様は、圧政を敷き、暴虐非道(ぼうぎゃくひどう)の魔族のイメージを浸透させた方です。同族からも恐怖の対象でしたから、民も喜びました。

先代魔王様には、何度も諫言(かんげん)申し上げたのですが、私の不徳の致すところでございます。

その後、現魔王様にも引き止められましたが、私は責任を取り、ここへ居を移したのです。

孫娘がついて来たのは誤算でしたが、鍛えるのにはうってつけの場所です。何処に出しても恥じないよう鍛えるため、同居を許しました。

その孫娘が怖さを感じる場所とは……流石に放っておけません。

「案内しなさい」

「はい。お爺（じい）さま」

孫娘の案内で現地を見た私は、自分の目がどうにかなったのかと、思わず擦（こす）ってしまいました。

「…………」

確かにそこには、立派な屋敷と、幾つかの小屋や倉庫のような建物、水路、ため池、畑が存在していました。

私と孫娘が絶句するのも仕方ありません。ここは深淵の森なのですから。

武に極振り（きょくふ）りしたかのような先代魔王様でさえ、この深淵の森に住もうなどと考えません。

敷地の境界には外壁があり、私の足は、そこから前に進むのを拒んでいました。

しかし、このまま逃げ帰る訳にはいきません。

外壁にはしっかりとした門があり、鍵が掛かっていませんでした。

それもそうでしょう。わざわざ此処（ここ）に近付こうとする魔物はいないと思います。

魔物は強者に敏感ですから。

覚悟を決め、もしもの時は孫娘に逃げるよう言い含め、敷地の中に足を踏み入れました。

嫌な汗で背中がグッショリです。
屋敷に近付くにつれ、押し潰されそうなプレッシャーを感じます。
孫が歩けなくなる寸前、誰かが姿を現しました。
「ん？　客か？」
日の光の下、銀髪は輝き、全身マジックアイテムであろう服に身を包む美丈夫。
先代魔王様が塵芥に感じる程の、膨大な魔力と底知れぬ力。
私はそこで意識を失いました。

◇

その日、俺――シグムンドは、敷地内に侵入者の気配を感じて表に出た。
魔物を含めて、この敷地に誰かが入って来るのは初めてだ。
警戒感を覚えるが、敵意は感じない。
まあ、森の中を勝手に開拓しちゃったからな。
この辺りの土地の持ち主だったらどうしよう。謝ったら許してくれるかな。
屋敷を出ると、背がピンと伸び姿勢の美しい老人の男性と、若い女性がいた。
二人とも顔色が悪いが大丈夫だろうか？

用向きを聞こうとしたが、久しぶりに人と話すので、少しぶっきらぼうになってしまった。

「ん？　客か？」

バタンッ！

「おっ!?　おい！　大丈夫か！」

二人が白目を剥(む)いて倒れてしまった。

「あっ、しまった。魔力がだだ漏れだったな」

ずっと一人でいたから抑えるのを忘れてた。

でも、魔力が漏れ出しただけで倒れるなんて、魔力への感受性が強い二人なんだろう。

俺は爺さんと女性を担いで屋敷に連れて入った。

その前に女性に浄化を掛けておく。

皆まで言うな。そういう事だ。

二階にある客間のベッドに運び込み、二人を並んで寝かせる。

別々の部屋にすると、起きた時にお互いの姿が見えず、心配するだろうからな。

俺は一階に下りてお茶を淹(い)れる。

この茶葉は森の中で見つけた。

そこから緑茶と、発酵させて紅茶を作った。

なかなか良い出来だと思ってる。

ポットやティーカップなども勿論自作だ。

紅茶を飲んでいると、爺さんの方が起き、一階に下りてきたようだ。

「気が付いたか。もう大丈夫か？」

「ご迷惑をお掛けして申し訳ございません」

「いい、いい。お茶でも飲むか？」

「……では、頂きます」

俺はカップを持って来て、爺さんに紅茶を淹れてやる。

「頂きます。……ほぅ、これは香りといい、味わいといい、素晴らしい茶葉ですね」

「ははっ、そう言ってもらえると嬉しいものだな」

自分の作った物を褒められるなんて何時ぶりだろう。

「私はこの森の北に居を構えます、セブールと申します」

お茶を飲んで少し落ち着いたのか、爺さんが自己紹介してきた。

そう言えば、俺も名前も名乗ってないな。あまりにも長い間人と接してなかったから、うっかりしていた。

「おお、意外とご近所さんだったのか。それは知らなかったな。俺はシグムンド、ここには一人で暮らしている」

「……お一人でございますか？」

「ああ、土地を拓いて、家を建てて畑を作った。ひょっとして、ここは誰かの土地だったか？」

セブールと名乗った爺さんが、驚いた顔で俺を見るので、何かおかしな事を言ったかと考えるが分からない。

「い、いえ、この森は誰のものでもありません」

「おお、なら良かったよ。ここまでしといて何だが、好き勝手に開拓してるからな」

セブールが急に真剣な表情へと変わる。

「不躾でございますが、シグムンド様はバンパイアでございますか？」

「様は付けなくてもいいぞ。確かに俺は、バンパイアの一種ではあるな」

そう言うと、セブールは息を呑む。

「……バンパイアでありながら、日の光をものともしない。ま、まさかバンパイアの王。しかし不死王でも日の光は多少嫌がる筈……」

「ああ、俺は光の属性も持ってるからな。普通のバンパイアとは少し毛色が違うんだ」

「なんと!?」

流石に驚くよな。バンパイアなのに日の光や銀も平気なんてな。

「お爺さま！」

そこに二階から女性の方が駆け下りてきた。

「静かにしなさい！」

「っ！　も、申し訳ございません」

セブールが叱ると、女性が慌てて謝る。

「ああ、いい、いい。あなたもお茶を飲んで、落ち着いたらどうだ？」

俺がそう言ってカップを取りに行こうと立ち上がると、急にセブールが床に片膝をつき、頭を下げた。

「お、おいおい。どうしたんだ？」

「シグムンド様、このセブールと孫娘のリーファを、御身の眷属にして頂けないでしょうか」

「お爺さま!?」

「眷属？」

突然の展開に俺は戸惑う。

「まあ、取り敢えず座って、話を聞かせてくれ」

セブールから、色々と話を聞いた。

俺はこの森とダンジョンしか知らないから、セブールからの情報はありがたかった。

先ず俺自身の事なんだが、バンパイアはアンデッドじゃないらしい。厳密に言うと、グールの時点でアンデッドとは違うそうだ。

そもそも、ゾンビからグールに進化するなんてあり得ないらしいけどな。

まあゾンビは、鈍いし弱いし腐ってるからな。

そして下位のバンパイアになると、魔族と呼ばれる種族になるそうだ。

下位のバンパイアは、少数だが魔族の国――魔王国にもいるらしい。

貴種のバンパイアも数人いるそうだが、基本的に引き籠もりなので、世間に姿を見せる事はないそうだ。

そして、俺はエレボロスロードだが、ロード種のバンパイアはお伽話の中の存在らしい。

それを聞いても、あまり実感がなかった。

だいたい俺が吸血鬼っていうのも、自分で信じられないくらいだ。

畑では森で見つけたニンニクを育ててるし、聖水なんて効く訳がない。

汚れ落としに光魔法の浄化を使ってるしな。

「それで、眷属って？」

「はい。シグムンド様と、魔法により主従契約を致しますと、私はシグムンド様の命令に逆らえなくなります」

「イヤイヤイヤ、それってダメだろう。少なくとも自分から言い出す話じゃないと思うぞ」

セブールの話を聞いていると、まるでラノベの奴隷契約に思えてしまった。

「いえ、勿論我らにも恩恵はございます」

眷属契約は、主人の格によって、色々な恩恵があるらしい。

魔力の増加や身体能力の向上。

「何より、更なる進化の可能性が生まれます」

普通、魔族が進化する事は非常に稀なのだそうだ。それこそ強大な存在の眷属となり、その恩恵を受けない限り、進化は難しいらしい。

それでも、人族よりもずっと長寿な魔族が存在する可能性があるらしく、過去にも数人、自力での進化を果たした者がいたんだとか。

「先々代の魔王様がそうでございます。およそ千年程前の話ではございますが」

「ふーん、ところで、セブールとリーファは魔族なんだよな。魔族にも色々あるのか？」

「はい。私共は蜘蛛の魔族です。アルケニー種と呼ばれています」

「そうなのか」

アルケニーというと、上半身が少女で下半身が蜘蛛だったと思うけど、この世界では男もいるのか。まあ、魔族という種族なら男女がいないと成り立たないか。

「でも、会っていきなり眷属なんて、警戒するなと言う方が無理だぞ」

「シグムンド様は、元より頂点に座す方ですからお分かりにならないと思いますが、魔族とは力に対する憧れを強く持つ種族でございます。それ故、歴代の魔王様は、魔王国で一番の強者が即位してきました」

「何だそれ、おっかないな」

魔族はどうも脳筋の集まりみたいだ。近付きたくないな。

先代の魔王は行き過ぎたらしく、悪逆非道な振る舞いを行って、実の息子に討たれたそうだ。

その結果、今の魔王国はかなりまともな国になっていて、現魔王は内政にも力を入れているらしい。

セブールは、先代魔王の執事をしていた。

暴虐非道な行いを諫（いさ）めきれず、先代が討たれた後に隠居して、この森に居を移したという。

「俺の眷属になっても、ここで引き籠もって畑を耕（たがや）すか、森に狩りに行くか、何か作ってるだけだぞ」

「シグムンド様はむしろ、それで正解だったと思われます。強過ぎるシグムンド様を、魔王国も、人族の国々も警戒して怖（おそ）れるでしょうから」

「いや、大袈裟（おおげさ）だから」

もとは最底辺のゴーストだよ俺。

強過ぎるって言っても、ファンタジー世界には俺なんて虫けらのように潰してしまいそうなのが一杯いると思うんだ。

結局、セブールに押し切られて、二人を眷属にする事にした。

リーファの意見も聞いたんだけど、セブールが言うならＯＫって感じだったな。

実は、吸血鬼として眷属を増やす儀式のようなものは、進化した時点で魂に刻み込まれるのか、俺も知っていた。

だけど、それだと吸血鬼になってしまうし、俺みたいに日の光や銀を克服できるのか分からない。

それに吸血鬼になるメリットって不死性くらいだしな。

俺にはないけど、血に対する飢えを覚えるようになっても厄介だし。

だから今回は、セブールから聞いた、別の方式で行う事にした。

「では、始めさせて頂きます」

「ああ、魔力のパスを繋ぐんだな」

「はい。お願いします」

教えてもらった通り、セブールを俺の魔力で包み込むようにする。

「っ！　これは、想像以上にっ！」

「お、おい！　大丈夫か！」

「はぁ、はぁ、これで私セブールは、シグムンド様の眷属となりました。末永くよろしくお願いします」

確かに、何かが繋がった感じがする。

「これって、俺にもメリットがあるのか」

「眷属契約はお互いに能力の上昇が期待できますが、私如きが眷属となって得られるものなど、ごく僅かでございます。ですが、素晴らしい。若返ったように力が漲ります」

「そ、それはよかったな」

目を爛々と輝かせて、興奮気味に話すセブールにちょっと引いてしまう。

「では、孫娘のリーファもお願いします」

「いいんだな？」

「はい。お願いします」

リーファへも同じようにしたんだが、ちょっと反応が違った。

「はぁっ、あんっ、くっ」

はっきり言って、リーファは凄く美人だ。

俺と同じような銀髪を長く伸ばして、後ろで一本に括っている。

アルケニーだが、今は人型に変化しているので、普通の女性の体だ。

ただ、その体は普通じゃないけどな。

メリハリがあり過ぎるそのスタイルは、ずっと一人だった俺には目の毒だ。

その彼女が、俺の魔力に包まれて何故か喘いでいる。

「す、凄い。私の体じゃないみたい」

「私の判断に間違いはないだろう？」

「はい。お爺さま。今ならお父さまにも勝てそうです」

「勝てるどころか、幸運にも進化の機会を得られれば、アヤツなど一捻りよ」

「はい！　頑張ります！」

お父さんを一捻りって、怖い事を言ってるな。

魔族ではそれが常識なのかな。

何はともあれ、俺の屋敷に同居人が増えた。

セブールが執事を、リーファはメイドとして俺の世話をしてくれるらしい。

仲良くやればいいな。

十一話　布不足問題が解消しそうです

「こっ、これはっ、デビルクロウラーの糸袋ではないですか！」

「ああ、そうなってるな」

セブールが驚いているのは、影収納に片っ端から収納してあったドロップアイテムの一つだ。錬金術で糸に加工すると、最高の糸になるらしい。

俺も鑑定眼鏡で調べるまで分からなかったが、アイテムの整理を少しずつしていた時に見つけた。

それから時間がある時に、錬金術を使って糸に加工していた。

「旦那様は、錬金術も使えるのですか？」

「ああ、本格的に使うようになったのは最近だけどな」

驚くセブールの顔が面白い。

セブールも歳は取っているがイケメンだ。リーファの祖父だけある。

セブールとリーファは、眷属になってから一旦家まで戻り、荷物を持って来ると言うので、マジックバッグを貸してあげた。

別にあげてもいいんだけど、セブールに拒否された。

どうも時空間属性はレアな属性らしく、収納空間が拡張されたバッグは凄い値段で取引されるらしい。

俺の鞄は自分で作った物だし、時空間魔法も自前で、付与魔法を使うのも俺だ。

実際、魔物の革と魔石を自分で調達しているし、高価なんて言われてもピンとこない。

しかも俺は闇魔法の影収納と、時空間魔法の空間収納の二種類が使えるので、マジックバッグの必要性は低い。

セブールに、魔族は闇魔法の使い手も多そうだから、影収納を使う人も多いんじゃないのかと聞くと、魔族で闇魔法を使える者は少ないと言われた。

闇属性を使うもので有名なのは、リッチという魔物らしい。……よ〜く知ってるよ。

「その糸袋、欲しいならあげるよ。一杯あるし」

「旦那様、これは魔王国でも国宝級の品でございますよ」

「ふーん、そうなの」

「はぁ、分かりました。リーファ、これで布地の厚さを変えて布を織れるか？」

「はい。お爺さま。伝説のデビルクロウラーの糸を扱えるなんて、私、頑張ります！」

リーファが握り拳を作って張り切る。

聞けば、アルケニーは糸を扱わせれば右に出る者はいないそうだ。

まあ、蜘蛛だからかな。

「これで布地も充実するな」

「もしかして、このお屋敷のソファーなどに使われている革は、この森の魔物ですか？」

セブールも、この革の品質に気が付いたみたいだな。

俺も自分で作って、その良さにビックリしたからな。

魔物の革って凄えってね。

「しかし、このお屋敷は驚きの連続ですな」

「そうか、住みやすいだろ？」

「快適過ぎます！」

セブールとリーファから屋敷を褒められると嬉しいね。

煽てられて木に登ってしまいそうだ。

「照明の魔導具なら魔王城にもありましたが、このお屋敷の物はデザインが秀逸でございます。それに調度品も素晴らしい」

「何よりお手洗いが凄いです。もう、私は一生ここで暮らします」

「いや、褒められるのは嬉しいけど、リーファは嫁に行かないとダメだろう」

そう言うと、セブールとリーファの二人から変な目で見られた。

あれ？　何か間違った？

「旦那様、私とリーファは旦那様の眷属となったのです。死ぬまでお側で仕えますぞ」

「はい」

「えっ、結婚とかは？　リーファくらい美人なら、そんな話も多いだろう」

セブールが首を横に振る。

「確かに、眷属となっても結婚して離れて行く場合もあるでしょうが、リーファはメイド兼妾(めかけ)とお考えください」

「へっ、お、お前、自分の孫を妾にって……」

セブールがとんでも発言をするが、リーファは頷いている。

えっ、そうなの？　俺、精力強化なんてスキル持ってるから、歯止め利かないよ。

詳しく話を聞くと、俺の眷属となった事によって能力の上昇が凄いそうだ。

これはもう、一生身を捧げるしかないと決めたらしい。

うん、勝手に決めないで欲しい。

「それにアルケニーからの進化も望めるかもしれません」

「はい。進化すれば、もっと長くご主人様と過ごせます」

「ああ、寿命はなぁ……」

人と関わると喜びもあるが、別れの哀しみもセットだからな。

特に不老不死の俺は、一方的に送り続けないといけない。

俺がそう思っていると、セブールが望みはあると言う。

「どういう事だ？」

「はい。我ら二人、不死王様の眷属となりました。この段階で、能力の上昇だけでなく、寿命も確実に延びています」

「えっ⁉　そうなのか？」

「はい。それに進化できれば、不老スキルを取得できる可能性が高いのですよ！」

リーファの嬉しそうな顔を見て、心の中が温かくなる。

ずっと一緒か……それは楽しいかもな。

なら、俺も手伝ってやれる事がある。

「進化という事は、レベルアップしないといけないんだよな？」

「はい。流石にこのお屋敷の近くでは難しいですが、北の家があった辺りなら、私とリーファ二人で倒せる魔物がほとんどです」

「ん？　確か、森の真ん中辺りの方が、レベルの高い魔物が多かったと思うぞ」

わざわざ弱い魔物を倒しても、レベルアップに時間が掛かる。

自分よりも格上がベストだけど、俺みたいに格下なのに、スキルのお陰で格上を倒せるなんて、普通は無理なんだろうな。

「いえいえ、この森は深淵の森と呼ばれる魔境でございます。武に振り切った先代魔王様でさえ、森の北側から少し進んだ地点で強力な魔物と遭遇し、被害を出しながら撤退致しました」

「ふ〜ん、そうなのか？」

俺は首を傾げる。

「あのさ、この森の真ん中にダンジョンがあったんだけど、そこの四十階層より下は森の中心部の魔物よりもずっと強かったぞ」

「も、もしや、旦那様は、不帰の迷宮に入られた事があるのですか？」

「お、お爺さま。ご主人様は、あったんだと、過去形で話されています」

セブールの顔が面白い事になっているけど、突っ込んだらダメだろうな。

「ああ、正確には、深淵の迷宮な。俺が攻略したから今はないな」

「「…………」」

セブールとリーファが目を開けたまま気絶している。

確かにあの黒竜は手こずったけど、全体を通して、それ程苦戦した記憶はないんだけどな。

喉元過ぎれば熱さ忘れるかな。

二人の意識が戻って来たので、話を続ける。

「旦那様と比べれば、私など塵芥でございますな」

「卑下し過ぎだろう。でもレベルを上げたいなら、俺が装備を用意してやろう」

「旦那様がですか？」

「おう、俺最近、物作りに嵌まってるんだよ」

セブールとリーファは、部屋を見渡して頷く。

「それでセブールとリーファの使っている武器はなんだ？」

「私は細身の片手剣でございます」

「私は短剣を二振り使っていました」

セブールは両刃の直剣を使うようだ。他にも暗器の類いも得意らしい。

リーファは短剣の二刀流か。だったらアレが使えるな。

俺は影収納から、二つのモノを取り出す。

「なら、コレを素材に剣を造ろうか」

「なあっ!?」

「ひゃっ!!」

またもセブールとリーファが気絶した。

取り出したのは、あの黒竜の爪と牙だ。

鑑定眼鏡で武器の良い素材になるってあったからな。

俺はもう剣ならクラウ・ソラスとアスカロンがあるし、他にも色々と持ってるからな。


気絶から復帰したセブールとリーファを説得し、黒竜の爪と牙から剣を造る事が決まった。

俺が、自分にはクラウ・ソラスとアスカロンがある、と言って見せたら諦めた。

その二振りは神剣です！　と叫んでたけどな。

どうせだから、二人の服もデビルクロウラーの糸から織った布で作ろう、という事になった。

やっぱり激しく遠慮してきたが、鑑定眼鏡を貸して、俺の着ている服やコートやインナーをそれで見させると、納得してくれた。

百階層あるダンジョンの、深層にあった宝箱からの服だからな。

方針として、デビルクロウラーの糸から織られた布地で、服を二人分用意する。

それを俺が付与魔法で強化すれば、その辺の金属鎧よりも防御力は高くなる。

上着も良さげな毛皮から作って、付与魔法で強化すればいい。

あとブーツも作らないとな。

本当はインナーも大事なんだけど。

セブールは体格が俺とそう変わらないから流用できそうだけど、リーファのはなぁ……

結局、インナーも二人分用意する事に決まった。

セブールの分だけとなると、不公平だからな。

やましい気持ちはないぞ。

十二話　眷属の進化に向けて

眷属二人の進化に向けて、日々の仕事をこなしながら準備を始める。

黒竜の爪と、少量のアダマンタイトを錬金術で合成し、鍛冶小屋の炉で熱してカンカン叩く。

完成したセブール用の、刃長八十センチの細身の片手剣は、刀身が黒く光り、凄く斬れそうだ。

素材が良いから、付与できる余地も大きい。

鞘(さや)や柄(つか)、鍔(つば)も手を抜かずに造る。

リーファ用の短剣には、黒竜の牙を使う。

刃長五十センチの、長めの短剣を二振り。

こっちはミスリルを合成したので、白銀の刀身になった。リーファに似合っていると思う。

防具は、鎧は邪魔になるとセブールが言うので、デビルクロウラーの糸から織られた布地で作る。

セブールは執事服を自分でデザインし、俺が布地を染め、リーファが仕立てた。

インナーに使う伸縮性のある布は、なんとセブールとリーファの自前の糸だ。

アルケニーの糸は、魔王国でも高級品らしい。

糸の細さや伸縮性を持たせたり、バリエーションが作り出せるので、それでインナーを作る。

勿論、服やインナーには俺が、物理と魔法への強化と温度調整、防汚を付与した。

加えて服、インナー、ブーツには、特別な機能を持たせてある。アルケニーに必要な機能だから頑張った。

今は人型をとっているセブールとリーファは、本来なら下半身は蜘蛛だ。

一度見せてもらったが、セブールはタランチュラに似ている。リーファの方は、女郎(じょろう)蜘蛛が近いかな。

下半身の蜘蛛は結構なサイズで、セブールは体高が三メートル近くになるし、リーファもそれより少し低いくらいだった。

糸や毒を使った戦闘の際は本来の姿に戻るんだけど、そうなると服とインナーが問題になる。

毎回破るのも勿体ないから、変化する際に、アクセサリーに変わるようにしたんだ。

蜘蛛状態から人形態(ひとけいたい)に変わる時も、一瞬で服に戻る優れ物だ。

機能テンコ盛りになった所為で、自動修復機能を付与するのは無理だった。

服の方は、素材がデビルクロウラーだからなのか付与できる余裕があり、自動修復も可能になったんだけどな。

ブーツのデザインはそれぞれに任せた。

素材に関しては、ダンジョン下層でドロップしたレッサードラゴンの皮を使ったので、丈夫で履きやすい物が作れたと思う。

「さて、森の中央を目指して行くか。ついでに肉の確保と薬草の採取、食べられる果物や木の実も見つかればいいな」

「はい。この命を賭して旦那様をお守り致します」

「いや、俺がセブールとリーファを護るんだからね。勝手に前に出るなよ」

「クッ、我が身の無能が口惜しい」

「お爺さま。これから強くなって、ご主人様のお役に立てばいいではないですか」

「そうだな、リーファ！」

いちいち大袈裟な祖父と孫だな。血筋なのか？

屋敷の敷地から出て、東へと進む。

森の中央部までは距離があり過ぎるので、今回は無理だろうな。

二人が俺みたいに空を飛べれば話は別だが、蜘蛛には羽がないしな。

俺は気配を消して、魔力も隠匿している。そうしないと魔物がほとんど近寄らない。

唯一近寄って来るのは、頭の悪い虫系の魔物くらいだ。

「おっと」

パシッ！　パシッ！

「ほら、トドメはお願い」

気配を消して潜んでいた、体高二メートルのデスマンティスの鎌を、右脚の回し蹴り二連撃で粉砕し、セブールとリーファにトドメを刺させる。

「はっ、はい」

「ひゃ、はい！」

鎌のなくなったデスマンティスは、噛みつき攻撃を警戒するだけでいい。

セブールもリーファも戦いは初心者ではない。

むしろ武術で言うなら、ダンジョンに入ったばかりの当時の俺なんかよりずっと凄い。

まあ、俺は最初ゴーストだったたから、武術以前の問題だけどな。

歩き方なんかは、セブールの歩法を俺も見習った。

足音を立てない柔らかな動きと体重移動はとても参考になった。

スキルの恩恵に頼り我流で戦ってきた俺と、しっかりとした戦闘技術を訓練によって身に付けたセブールとでは、違って当たり前だからな。

でっかい鹿や例のデカイ猪、あと蛇の魔物を、セブールとリーファにトドメを刺させる事で、効率的にレベルアップできている。

若干、セブールとリーファが引いているけど、問題ないだろう？

魔物を倒しながら、かなりのハイペースで進んでいると、比較的大きな反応を見つけた。

このまま進むと丁度かち合うから、探す手間が省けた。

グオォォォーーーーー!!

「タ、タイラントアシュラベアッ！」

後ろ脚で立ち上がり威嚇の咆哮を上げたのは、体高五メートルを超える熊の魔物。

セブールが、タイラントアシュラベアと呼んだからそうなんだろう。前脚が四本あるからアシュラなのかね。

……いや、やっぱりアシュラってネーミングはおかしいと思うんだけど……考えても仕方ないな。

「ウソッ！　ご主人様っ！　お逃げっ、……へっ？」

「ほらほら、頸筋を突き刺せば、簡単に死ぬと思うからお願い」

俺は熊さんが出た瞬間、闇魔法の影縛りで拘束した。

これで体の自由は利かないし、麻痺の追加ダメージがあるから、セブールとリーファなら大丈夫だ。

こいつ、なかなか強いみたいで、ダンジョンの中層に出て来たクラスと同等だな。

ズドォォーーン!!

タイラントアシュラベアが、頸筋から血を噴き出し倒れた。

その時、セブールの全身が光り、強制的に下半身が本来の蜘蛛の姿へと変わる。

そして光が収まると、下半身の蜘蛛の部分が少し大きくなっていた。

「おおっ！　ハイアルケニー、バトラー種に進化致しましたぞ！」

「お爺さま、おめでとうございます！」

俺のように進化先は選べないみたいだ。

それより、気になった事がある。

「そのバトラー種って何だ？」

「おそらく私の旦那様への忠誠と、そうありたいと願う心が昇華したのではと考えます」

「そ、そうなんだね」

気持ちが重いなんて言わない方がいいな。

因みに今回の進化で、セブールは長寿のスキルを得たそうだ。俺の眷属になった影響らしい。

セブールの話では、魔族の大多数はレベルの上限が１００らしく、進化を体験する者はいないそうだ。

先代魔王のレベルが90ぐらいで、現在レベルが一番高い現魔王でも60台だという。

レベル＝強さではないが、進化が強さに直結するのは間違いない。

その後、強めの魔物を数匹倒した時点で、リーファも進化する事ができた。

ただ、どうしてこうなった。

「ご主人様、ハイアルケニー、ミストレス種に進化しました！」

「あ、ああっ、それはよかった……」

ミストレス種って、名前的に、妾になるのは確定してるんだね。

進化先として昇華する程の想いがリーファにあるなら、もう仕方ないな。

進化したリーファの下半身の蜘蛛は、黄色と黒で女郎蜘蛛には似ているが、脚がより強靭になっている。

その後、進化後の能力確認のため、屋敷までの帰り道は二人に戦闘を任せたが、危なげなかった。

もう少しレベルが上がれば、森の魔物に一人でも負けないだろう。

流石にあのダンジョンの下層は無理だけどな。

セブールとリーファが下層に潜ろうとするなら、最低あと二回は進化が必要だろう。

まあ、ダンジョンはなくなったからどうしようもないんだけどな。

今回のレベルアップによる進化は、セブールとリーファが強くなって、屋敷近くの森に一人で行けるようになる事が目的だった。

セブールとリーファによると、距離はかなり離れているが、人間の国の街まで、二人の足で三日あれば行けるらしい。

魔王国の街へは、一日余分に掛かるそうだが、どちらへも買い出しに行ける。

ここにいるとお金は必要ないし、使う場所もないが、お金を持っていない訳じゃない。

ダンジョンの宝箱には、アイテムと一緒に結構な量の金貨や銀貨が入っていたのだ。セブールによると、俺には高位の貴族並みの資産があるらしい。

それに、魔物の素材やダンジョンのドロップアイテムもまだまだ沢山あるので、それを売る事もできる。

俺自身、今の種族に落ち着くまでは、ダンジョンではほとんど何も食べなかった。たまに、戦闘中に血を飲む程度だ。

森での生活で、魔物を狩り、畑を造り、木の実や果物を採取して食べる習慣が復活したが、味付けは塩のみで、とてもじゃないが文化的な食生活とは言い難い。

セブールとリーファが眷属になってからは、随分と良くなってはいるが、ここでは手に入らない物はどうしようもない。

なら街で買うしかないからな。

文化的な生活があって、初めてスローライフを楽しめると思うんだ。

さて、念のためもう少し、セブールとリーファのレベルを上げておくか。

十三話　農作業をする不死王

暖かな日差しの下、ザクザクと鍬が土を耕す音がリズミカルに聞こえている。

「ふぅ、疲れないからやめ時がないな」

汗もかかず、体力も減らないので、畑を耕すのも永遠に続けられる。

家を建てたりしていた時は、ずっと寝ずに作業を続けてたからな。

肥料を撒いて、土と馴染ませる。

「農業は専門家の意見が欲しいな」

敷地には畑の他に、果樹も植えてあるが、俺には農業の基本的な知識はあっても素人に変わりない。

しかも知識は地球のものなので、この世界の農業を知る人の意見が欲しかった。

今、セブールとリーファには、買い出しと、周辺の情報収集をお願いしている。

この世界でも主食である麦を育てたいので、それも頼んである。

俺だってノーフォーク農法くらいは知っている。

だから、大麦、クローバー、小麦、カブを四年周期で育てるため、敷地の拡張を実行した。

四つの区画に分けて、一年毎に育てる物を変えるには、今の広さじゃ心許ない。

屋敷を敷地の中央に、ため池を北側に造っていたので、南側を二百メートル拡張した。

木を伐採し、切り株を粉砕、地面を攪拌して均し、外壁を移動させた。

「……やり過ぎた」

俺達三人しかいないのに、ここまでの広さは必要ないと後から気付いた。

三万五千平方メートル、一万坪以上の土地は、三人には広過ぎるよな。

「まあ、大は小を兼ねるか」

そのうちお酒も造りたいな。長いこと酒を飲んでいないし。

セブールとリーファには、この世界に流通している一般的なお酒も買って来るよう頼んであるが、セブール曰く、安酒のエールと高級なワインくらいのものらしい。

「でもそうなると、人手が足りないかぁ」

流石に俺とセブール、リーファの三人では人手不足だ。

かと言って、そもそもこの森は、人間や魔族が足を踏み入れる場所じゃない。

セブールとリーファが暮らしていた北側はまだマシらしいが、それでも誰もが来られる場所じゃなかったそうだ。

そういった人を寄せ付けない環境を利用して、セブールは隠遁生活を送っていたのだ。

そうそう、セブールとリーファには書籍の購入も頼んである。

何故かこの世界の文字を、俺が普通に読める事が分かったので、是非魔法関連の本が読みたいと思ったんだ。

セブールやリーファと普通に喋れていた時点で、言語の問題はないと分かっていたし、セブールが持って来た本で、文字も大丈夫なのは判明してた。

属性魔法は感覚的に使えるからいいんだが、錬金術や付与魔法は少し難しい。ちゃんと勉強したい。

実は、オートマタが造れないかと思っているんだ。

何かのファンタジー小説で、屋敷の管理をオートマタにさせてたんだよな。

ああ、屋敷妖精ってのもあったな。

シルキーって言ったっけかな。家事を手伝ってくれる妖精だった。

この世界にもそんな妖精が存在するのか、聞いてみないとな。

「よし！　お酒のために、先ずは葡萄（ぶどう）を探そう！」

もしかすると野生種の葡萄があるかもしれない。

他の果物が見つかるかもしれないしな。

今敷地に移植した果樹は、桃みたいなのと林檎（りんご）みたいなのの二種類だけ。

そうと決まれば、セブールとリーファが戻って来る日までに終わらすため、さっさと行くか。

俺は外出用の装備に着替え、一応敷地に結界を張り、森へと飛び立った。

途中、効率のいい探し方に気付く。

俺は霧に変化して広範囲に広がる事が可能だ。

この霧化は不思議な事に、霧から人型に戻った際、服も装備も元に修復されるのだ。

ご都合主義が過ぎるが、便利だから良しとする。

高速で漂う霧なんて不気味以外の何物でもないが、人の目がないから関係ない。

その結果、野生種の葡萄を見つける事ができた。

味は悪くない。

糖度も十分なので、美味しいワインができそうだ。

他にも色々と影収納に入れて帰ったところで、酒造りには様々な道具が必要な事に気が付いた。

「樽作りからか」

確か樽の素材はオーク材だったな。

タンニンがポイントだったと記憶している。

「専用の鉋(カンナ)から作らないとダメだな」

今の俺は、木工細工スキルや大工スキルを持っている。しかもそこそこの熟練度だ。

水が漏れない樽、しかもそれなりに大きなサイズが必要だ。

「いや、待てよ。どうせ移植した果樹類が実を付けるまでには時間が掛かるよな。その前にオートマタの研究が先か？」

いかんな。何を優先していいか分からん。

「大人しく、セブールとリーファが帰るまで勉強でもしてるか」

二人に色々と相談してから動いても遅くない、と思い直した。

時間は有限なんて言うが、俺の場合時間は無限だからな。のんびりと行こう。

二日後、セブールとリーファが戻って来た。

「おっ、お帰り」

「「……ただいま戻りました」」

セブールとリーファの表情が微妙なんだけど、理由は分かっている。

俺が鍬を片手に、麦わら帽子を被って畑を耕しているからだろうな。

「お茶を飲みながら報告を受けようかな」

「では、直ぐにお茶を淹れますね」

リーファが屋敷に入って行った。

俺とセブールは、庭に置かれたテーブルセットへ向かう。

セブールが流れるような所作で椅子を引き、そこに俺が座る。

「セブールも座れ」

「では、失礼致します」

当初、セブールとリーファは、俺の前では座ろうとしなかった。食事の時もリビングで寛いでいる時もだ。

かつては日本の庶民だった俺がそんなのに耐えられる訳もなく、眷属は家族も同じだと言い聞かせ、食事もお茶も同じテーブルで一緒に取るようにした。

二人とも最初は強い抵抗があったみたいだが、折れてもらった。

ティーポットとカップを載せたトレーを持って、リーファが屋敷から戻って来た。

人数分のお茶を淹れ、リーファも席に着く。

「では報告させて頂きます。先ず、大麦、小麦、カブ、クローバーの種籾(たねもみ)などは手に入れる事ができました。クローバーは不思議がられましたが」

「だろうな。それでもよく手に入れてくれたよ」

そもそも雑草の種なんて売ってないと思ってたが、馬や牛を飼う人用に売っているそうだ。

この世界の馬と牛が、俺の知ってる馬や牛と同じかどうかは分からないけどな。

「続いて書籍関係ですが、旦那様がお望みの、錬金術や付与魔法に魔導具関連の書籍は購入できました」

「ありがとう。助かるよ」

書籍関係はセブールが先代魔王家の執事だった事もあり、伝(つて)を使って手に入れてくれた。

「私の方は、日用品や調味料にお酒を何種類か、それと野菜の種と果樹の苗木を手に入れてきました」

「おお、ありがとうリーファ。流石に全て俺が手作りするのは大変だからな。買える物は買った方が手っ取り早い」

食器や日用品全てを、俺が一から作るのも面倒だからな。それはそれで楽しいんだけど。

「旦那様は、何かを作られるのですか？」

「ああ、人手が足りないからな。それを解消できないかと思ってな」

本の内容から、俺が何かを作ろうとしていると察したのだろう。セブールが聞いてきたので、俺は屋敷用のオートマタと、農作業用のゴーレムだと話した。

「……オートマタとゴーレムですか。良いお考えですね」

「そうですね。ご主人様程の方のお屋敷なのに、人手が少な過ぎますから」

セブールとリーファも賛成してくれた。

「このように魔力の濃い場所でなら、オートマタとゴーレムも長く稼働するでしょう」

「そうか。ゴーレムもオートマタも、魔力が切れると止まるんだな」

「はい。クレイゴーレムなら土に戻ります」

土や石、鉄からゴーレムを生み出すクリエイトゴーレムの土魔法は、最初に込める魔力の量で、稼働時間が変わってくるらしい。

例外として、ダンジョンのような魔力の濃い場所では、時間の制限なく動き続ける事ができる。

「魔力を供給する魔石を埋め込んで使う方法もありますが、稼働時間を延長する程度ですね」

「ないよりマシって感じか」

「私もゴーレムやオートマタは門外漢（もんがいかん）ですが、一度試しに造ってみてはどうでしょう」

「そうだな。一度造ってから不具合を修正していくか」

何事もトライアルアンドエラーだな。

十四話　人手不足解消に向け

農作業の合間や、酒造り用の樽を作る傍(かたわ)ら、セブールが買って来てくれた本を読み勉強する。

酒造りの事をセブールとリーファに話すと、二人とも賛成してくれた。

クレイゴーレム、ウッドゴーレム、ロックゴーレム、アイアンゴーレムなど、ダンジョンに出没するゴーレムは、ゴーレムコア以外は素材そのままだ。

クリエイトゴーレムという魔法で生み出され、コアを壊すと崩れて土や石に戻る。

そんな使い捨てのゴーレムとは別に、コアを内蔵したゴーレムのボディを別に造り、術者が魔力を注いで、クリエイトゴーレムを発動するパターンもあるらしい。

これならゴーレムの体を維持する魔力が節約できるので、崩れる事もなく、使用する時に魔力を補充するだけでよい。

工事現場などで力仕事をさせたり、戦争で攻城戦に使ったりするそうだ。

オートマタは、予(あらかじ)めボディを用意する自動人形なので、これもゴーレムの一種だと思う。

取り敢えず、農作業用のウッドゴーレムを造ろうと思い、どんな木がいいかセブールに聞くと、この森の木が丁度いいと言う。

「魔力が濃いこの森の木は、硬く頑丈で腐りにくいのです。普通は簡単に伐採できないのですが、まあ、そこは旦那様だからとしか言えませんが」

「そうか。ならダンジョン跡の木が一番良いって事だな」

「ええ、空気中の魔力も地中の魔力も、相当濃い場所ですからな」

となれば、最良の素材を用意したいので、俺は急いでダンジョン跡近辺から木を数本伐採して来た。魔法で乾燥させ、適当なサイズに切った木材を加工する。

関節にはボールジョイントを採用。

腕は長めにして身長は二メートル五十センチ。

ゴーレムは基本的に、目ではなく魔力を感知して周囲の把握をしているが、目を持つゴーレムも存在する。

俺は頭部の額に、三つの魔石を加工して嵌め込んだ。

熱感知の魔術式を描き込んだ魔石を、もう一つは魔力感知、最後の一つは音感知。

手と指は農作業で道具を使えるように、人間の手をそのまま少し大きくしたものにする。

コアにはダンジョン下層の魔石を使用。魔力タンクにもう一つ魔石を使用し、ゴーレムのボディが完成した。

「クリエイトゴーレム！」

念のため、魔力増し増しで魔法を発動した。

ゆっくりと立ち上がるウッドゴーレム。

俺は鑑定眼鏡を取り出してステータスをチェックする。

名前：？？？？
種族：ウッドゴーレム　レベル0
スキル：体術　レベル1
　　　再生、頑強、怪力、熱感知、魔力感知、音感知
称号：不死王の眷属

なかなか優秀なんじゃないだろうか。

スキルは体術よりも農業が良かったんだけど、こればっかりは初めてのゴーレムだからな。

「おお、立派なウッドゴーレムですな」

ウッドゴーレムが完成したタイミングで、セブールが様子を見に来た。

「セブールか。なあ、ゴーレムもレベルが上がれば進化するのか？」

「勿論、進化は致しますが、その前に名付けを終わらせる必要があります」

「ああ、名付けでユニークモンスターになるんだったな」

「はい。名付けの際に、大量の魔力を必要としますが、旦那様からすれば大した量ではないかと」

なる程、名付けねぇ。

「よし、お前の名前は、クグノチだ」

グヴォオオオーーンッ!!

俺からクグノチへ魔力が流れ込むと、雄叫(おたけ)びを上げた。

もう一度、ステータスをチェックすると、色々と変わっている。

名前：クグノチ
種族：ウッドゴーレム　レベル1
スキル：体術　レベル1、植物魔法　レベル1
　　　再生、頑強、怪力、熱感知、魔力感知、音感知
称号：不死王の眷属

「うん。セブールとリーファで、クグノチのレベルを上げてきてくれないか？」

「はい。この付近なら、直ぐに成長限界までレベルは上がるでしょう」

「お任せください。ご主人様」

セブールとリーファは快諾した。

「頼むよ。俺はオートマタの方に取り掛かるから」

「「お任せください」」

二人とクグノチを見送って、俺はオートマタの製作に移る。

このオートマタは、屋敷内での雑用や掃除が主な仕事になる。

まあ、屋敷の中は状態保存の魔法が掛かっているので、最低限の掃除で十分なんだけど、あの広い屋敷にメイドがリーファ一人っていうのも不自然だしな。

という事で、ウッドゴーレムのように無骨な見た目じゃダメだ。ちゃんとメイドに見えるように造る。

身長は高くても百七十センチくらいにしたい。

素材も色々と工夫しようと思う。

骨格を人間のそれに近い形で造る。骨となる魔鉄鋼の内部は、中空のハニカム構造にする。

ダンジョンにて、スケルトンから進化を続けた俺は、人間の骨格に無駄に詳しくなった。敵としても、スケルトン系とは山程戦ったからな。

関節はボールジョイントにして、胸にはゴーレムと同じようにコアを埋め込む。

ゴーレムは魔力で木や土や石を動かすが、オートマタも似たようなものだ。

ただ、人間の動きに近付けるために、魔物の腱を加工して、筋肉を造る。

これは、付近で食料用として狩った魔物から取れたものだ。

外皮は魔物の皮を加工して、繋ぎ目が目立たないよう人型にする。

顔の造形は難しかった。

目には赤い魔石を嵌め、髪の毛はリーファ製の糸を加工して造った。

頭皮に髪の毛を縫い付けるのって、チクチクと地味な作業で大変だなこれ。

眉毛や睫毛も同じくチクチクと植え付ける。

あ……これって口が動かせるのか？

一応、頭蓋骨も再現してあるから、口の開閉は大丈夫かな。

一人作業場で作業に没頭していると、セブールとリーファがクグノチを連れて戻って来た。

「ただいま戻りました」

「直ぐにお茶を淹れますね」

リーファはお茶を淹れるために屋敷へ向かった。

「おっ、もう成長限界までレベルが上がったのか。早いな」

「旦那様の生み出したゴーレムですから。能力が高く、周辺の魔物とは格が違います。一段目の進化なら直ぐでした」

「ご苦労さま。じゃあ、早速進化してもらうけど、その前にと……」

どのくらい成長したのかチェックする。

名前：クグノチ
種族：ウッドゴーレム　レベル20（進化可）
スキル：体術　レベル4、植物魔法　レベル2
　　　再生、頑強、怪力、熱感知、魔力感知、音感知
称号：不死王の眷属

成長限界が低いのは仕方ない。所詮はウッドゴーレムだからな。

「よし、クグノチ。進化を許可する」

俺の眷属だから、自分の意思では進化しない。

そもそも普通のゴーレムは、簡単な命令を聞くのが精一杯だ。

クグノチは俺の影響なのか、そんな一般的なゴーレムに比べて複雑な命令も大丈夫だし、レベルが上がったからか、少し知性も感じる。

俺の許可を得てクグノチが進化を始めた。

光に包まれ、その光が消えると、身長は変わらないが、造形的に少しスマートになったクグノチが現れた。

二メートル五十センチの体高は変わらない。

クグノチは大きさより、動きの素早さを求めたんだろう。

名前：クグノチ
種族：ハイ・ウッドゴーレム　レベル1
スキル：体術　レベル4、植物魔法　レベル2
　　　　物理耐性、火魔法耐性
　　　　再生、頑強、怪力、熱感知、魔力感知、音感知
称号：不死王の眷属

進化したクグノチのステータスを見ると、物理耐性と火魔法耐性を得ていた。

ウッドゴーレムの弱点である火魔法への耐性を得たのはよかったと思う。

まぁ、もともとこの森の木は火にも強いらしいから、野良のウッドゴーレムとは比べられないだろうけどな。

その後、三人でお茶を飲みながら、俺はオートマタの進捗状況を説明したり、その過程でリーファから造形上の注文があったり。

主人と眷属という堅苦しい関係を感じさせないティータイムを過ごした。

勿論、フレンドリーに接して欲しいと頼んだのは俺だ。

俺は、執事やメイドに仕えられるのに慣れてないしね。

明日からの予定だが、俺は農作業とオートマタ造り。

セブールとリーファは、クグノチのレベルアップを暫く続ける事に決まった。

理由としては、結界の張られた敷地の外でも活動できる強さは必要だろうと、全員一致の考えからだ。

その過程で、セブールとリーファのレベルアップも狙えるしな。

十五話　メイド完成

オートマタの進捗状況はボチボチだ。

これは、俺の拘(こだわ)りが邪魔をしてなかなか進まないだけで、人形みたいな外見でいいなら、既に完成していただろう。

セブールの提案で、オートマタもレベリングして、何度か進化させる事にした。

何故か俺が眷属にすると、進化しやすい事が分かっている。

本来なら成長限界までレベルが上がっても、進化をする魔物はそう多くない。

ネームドモンスターと呼ばれる名付きだったり、特別な存在の眷属だったり、進化には幾つか条件があるようだ。

そして俺の眷属の場合、セブール曰(いわ)く、俺が特別な存在だと言うし、しかも俺が多くの魔力を代償に名付けをしている。

ウッドゴーレムのクグノチも、この先の進化が楽しみだと、セブールとリーファも言っていた。

話が逸れたが、俺はオートマタも、進化を見据えた造りにしておきたい。

造形についてもそうだし、皮膚の素材や質感もそうだ。

そこで素材の選定からもう一度見直した。

最終的に肌の素材は、例のダンジョンボスの黒竜がドロップした翼の皮膜に、この森でもレアな魔物に当たるアサシンスネークと、シャインリザードの皮を合成して造った。

褐色の肌素材と、白い肌素材。

褐色の肌素材の方は隠密スキルの効果を持ち、白い肌素材の方は再生スキルの効果があった。

二種類の肌素材を前にして、悩む俺。

「どっちもアリだな。どうしようか……」

俺のそんな悩みの答えは二日後、クグノチを成長限界までレベリングしてくれていたリーファからもたされた。

「あのご主人様。この屋敷の大きさなら、メイドが十人いても少ないくらいです。オートマタは二体でもいいのではないでしょうか？」

「そうか。何も一体じゃなきゃダメなんて言ってないしな。素材もあるんだし、白と褐色で二体造るか」

リーファに言われて、悩んでいたのがバカらしくなる。

だいたいあのクラスの屋敷に三人っていうのが少な過ぎるんだ。

そうと決まれば、先にクグノチの進化だな。

成長限界は30か。これじゃまだこの近辺の森では危ないな。

せめてもう一度進化するくらいまで、セブールとリーファにお願いしないとな。

名前：クグノチ
種族：ハイ・ウッドゴーレム　レベル30（進化可）

スキル：棍術　レベル2、体術　レベル4
　植物魔法　レベル2
　物理耐性、火魔法耐性
　再生、頑強、怪力、熱感知、魔力感知、音感知
称号：不死王の眷属

今回はクグノチに棍棒を持たせてレベリングしたので、棍術スキルを修得している。

ゴーレムでもスキルを修得できる事を不思議に思いながらも、俺達にはプラスだから、と気にしない。

考えても仕方ない事は、深く悩まないのが精神衛生上いいからな。

「クグノチ、進化を許可する」

俺がそう言ったんだが、クグノチは進化をせず、何かを伝えてくる。

「うん？　えっと、何かが欲しいのか。……魔石と金属？」

クグノチは自分が思い描く進化をするために、魔石と金属を求めてきた。

俺は影収納から中層の魔石を一つと、ミスリルのインゴットを一つ取り出しクグノチに渡した。

すると、クグノチから嬉しいという気持ちが伝わってくる。

そしてクグノチの体を光が包み、進化が始まる。

光の中から現れたクグノチの姿は、劇的に変化していた。

名前：クグノチ
種族：スプリーム・ゴーレム　レベル1
スキル：棍術　レベル2、体術　レベル4
　　植物魔法　レベル2
　物理耐性、魔法耐性
再生、頑強、怪力、熱感知、魔力感知、音感知
称号：不死王の眷属

体高は変わらず二メートル五十センチ。

スタイルは若干シャープになり、肩と前腕や手と足の甲、それと頭部に銀色の装甲がある。

火魔法耐性が魔法耐性へと変わったのは、全属性の魔法に対して耐性ができたのだろう。

自分のステータスパネルをチェックするのと、鑑定眼鏡で見える内容に差異があるのは、鑑定の

精度が影響しているのか？

まあ、内容的にそんなに差はないので問題ない。

「何か、ウッドゴーレムじゃなくなったな」

「クグノチは高い知性を獲得しています。これから、レアなゴーレムに進化できるかもしれませんな」

「そろそろクグノチだけでも敷地の外に出れそうですね」

もともと俺の眷属という時点で、他の同種の魔物と比べて能力が上昇している。しかも名付けでも能力は格段に上昇する。

だからウッドゴーレムとはいえ、二度進化を果たしたクグノチも、この屋敷の近くなら一体で行動しても大丈夫だろう。


それから間もなく、俺は二体のオートマタを完成させた。

「クリエイトゴーレム」

リーファ製のメイド服に身を包んだ、白い肌と褐色の肌のオートマタが起き上がる。

名前：？？？？？

種族：リビングドール　レベル1
スキル：料理　レベル2、家事　レベル2
　　物理耐性、魔法耐性
　　再生、怪力
称号：不死王の眷属

種族がオートマタからリビングドールになった理由は分からない。

確かにまるで、生きているように見える。

我ながら良い仕事をしたと思う。

料理スキルと家事スキルは、俺がそういう想いを込めて、魔力を注いだからなのか？

まあ、何はともあれ名付けだ。

「君はブラン。そして君はノワールだ」

一度に二体に名付けを行ったからか、今まで以上に魔力がドッと出ていった。

まあ、俺の魔力の総量からしたら知れている量なんだが。

「私はブランです。マスター、よろしくお願いします」

「私はノワールです。マスター、よろしくお願いします」

「「…………」」

ブランとノワールが喋った事に、俺達三人は驚き、顔を見合わせた。

「オートマタって喋るんだな」

「え、ええ、ない事ではありませんが、進化する前に話すとは……」

「流石ご主人様です」

多少、驚かされる事はあったが、優秀なのは悪い事じゃない。

ブランとノワールは、リーファの部下として屋敷の仕事をすると決まった。

同時に、やはりブランとノワールも、敷地の外に出ても大丈夫な程度までレベルを上げる事にした。

屋敷の仕事に強さは必要ないが、弱いより強い方がいいだろう。

セブールというより、リーファがブランとノワールを気に入り、三人で頻繁にレベリングに出掛けていた。

結果的に、ハイリビングドールからノーブル・リビングドールへと二回の進化を経て、少し首を捻る能力へと成長した。

名前：ブラン、ノワール

種族：ノーブル・リビングドール　レベル1
スキル：短剣術　レベル5、棒術　レベル5、体術　レベル4
　料理　レベル4、家事　レベル4
　光魔法　レベル3
　物理耐性、魔法耐性
　俊敏強化、体力強化、気配察知
　隠密、再生、怪力、頑強
称号：不死王の眷属

二体纏めてのステータスは、こんな感じになった。
料理や家事スキルより、戦闘に特化しているように思えるのは俺だけだろうか。
まあ、そのレベリングも落ち着いて、屋敷の仕事もそつなく熟(こな)しているので文句はないのだが、
微妙に納得はいかない。

十六話　クグノチの農業無双

果樹の栽培が順調だ。

桃や林檎、それとワイン用の葡萄と、わざわざ敷地の北側を拡張して果樹スペースを纏めた。

敷地の中央に屋敷があり、北側にため池、更にその北側に果樹がある。

南側では敷地を四つに分けて、クグノチ管理のもと、ノーフォーク農法が進められている。

最初に俺がここを拓いた時、五百メートル四方だったのが、南に二百メートル広げ、そして北側へも広げるにあたり、全体を千メートル四方にまで拡張した。

中央部には、屋敷の他に鍛冶小屋や木工作業用の建物に、倉庫が二棟、屋敷近くにはリーファ用の裁縫小屋が建てられた。

今は酒造用の建物を、クグノチと協力して建設している。

そして全てに大活躍しているのが、クグノチの植物魔法だ。

ウッドゴーレムだから植物魔法を修得してもおかしくないが、これが反則的に有用だった。

魔力を対価に植物の成長をコントロールできる魔法で、通常なら数年かかる果樹の収穫を劇的に早めてくれる。

魔力なんて、クグノチに俺が魔力を供給しながらだから負担もない。

小麦と大麦、カブとクローバーは一応普通に育てている。

小麦などはセブールとリーファが街で買って来れるので、忙しなく収穫する必要はない。

そもそも三人だからな。食べる量なんて知れてる。

ただこの先、小麦や大麦を挽く設備は必要になる。

川からの水路に、水車小屋を建設しようと思う。

あちこちに橋が必要になるくらい、立派な水路になったからな。

まあ、俺もセブールもリーファも橋なんてなくても平気なんだけどな。


クグノチがめちゃ有能だったので、ウッドゴーレムを増やす事にした。

クグノチは体高二メートル五十センチあるが、それより低い二メートル弱の人間に近い体高で、細かな作業ができるウッドゴーレムを一体増やした。

二体目なので比較的スムーズに造れたし、レベリングもセブールとリーファだけじゃなく、ブランとノワールも積極的に手伝ってくれた。

名前はトム。

もう、名前を考えるのが無理になってきた。

普通の名前になった所為なのか、トムはなんだか、普通の農家の兄ちゃんな感じに進化の舵を切ったみたいだ。

一応、槍術と体術のスキルは修得したみたいだが、農業スキルを順調に伸ばしている。

見た目もクグノチと違い、人間のシルエットに近い。

トムもクグノチと同じく、植物魔法を持っているので、農業がまたまた捗（はかど）る事に俺は焦る。

まだ酒造用の樽や、搾汁機（さくじゅうき）もできていない。

まあ、建築に関してもクグノチとトムが大工スキルを修得してくれたので、三人で取りかかると早い。

魔法も使った建築だから、シンプルな構造の建物はあっという間に完成した。


ここを拠点として、暫くの月日が経った。

最近ふと、気温が下がってきたような気がする。

「なぁ、この辺の気候ってどんな感じなの？」

「はい。今は一年のうち、秋の中頃ですね。この辺りでも冬には少し雪が積もります」

「これから冬に向かうのか。準備をしないとダメだな」

俺は温度調節機能の付いた服を着る事が多かったし、そもそも暑さ寒さに対する耐性のお陰で、酷暑の季節でも気にならなかった。

その所為で、寒暖差に気付くのが遅れたな。

俺とクグノチ、トムとブランにノワールは気温に左右されないが、セブールとリーファはそうもいかない。

屋敷に冷暖房を導入するべきだな。

麦を植える時期としては、偶然にも丁度よかったのか。

「主食の小麦は、もう少し作付けを増やした方がいいかな？」

「いいえ、今のところ旦那様と私達三人だけですから、現状でも食べきれないと思います」

「なら、このままでいいか」

足りないよりは余った方がいい。

倉庫は冷蔵倉庫を一つ、作った方がいいな。

そこでリーファが、果樹スペースについてリクエストしてきた。

「ご主人様、クグノチとトムに、桃を増やすようお願いできませんか？」

「なんだ、リーファは桃が気に入ったのか？」

「はい。今まで食べた桃の中で、一番美味しいです」

クグノチとトムの植物魔法で急成長させた果樹が、もう収穫できるようになっていた。

そして、森に自生していた桃や林檎なんだけど、絶品だった。

だいたい桃と林檎が同じ植生の森もおかしいんだが、魔力の濃い場所ではそういう事もあるらしい。魔力って何でもありだな。

そして桃や林檎が美味しいのにも、魔力が影響しているそうだ。

収穫物の保管には、冷蔵倉庫じゃなくマジックバッグを使用する。

桃や林檎を長く保存するには、時間停止が一番だからな。

冷蔵倉庫は現在、街で購入した小麦や魔物肉の保存に使っている。

魔物肉は、魔力を豊富に内包する所為で、腐敗し難く長持ちする。

ただ、幾ら長持ちすると言っても、現在は供給過多なので、倉庫以外にも専用のマジックバッグを幾つか作り、冷蔵機能のない倉庫に入れてある。

クグノチ達のレベリングで魔物を狩るので、俺とセブール、リーファの三人が食べるだけじゃ減らないんだ。

「ブランとノワールがもっと進化して、食べられるようになればいいのですが」

大量の魔物肉を見たセブールがふと、そう呟いたんだが、オートマタが食事をする訳がないじゃないかと俺が言うと、実はあり得るらしい事が分かった。

魔王国の歴史でも数件記録されているだけだが、ゴーレムやオートマタ系の魔物が進化を重ね、魔人の一種に至ったらしい。

実はブランとノワールは、口から魔物肉を摂取し体内で分解する事で、魔力を抽出できるようになっていた。

ただ、これは食事をしているのとは違うようで、味覚も嗅覚もないので、ただ単に魔力の補給だ。

セブールはこの先の進化に期待しているようだ。

お茶一杯淹れるのでも、味覚と嗅覚がないと、美味しいお茶というのが分からない。

それではメイドとしては困る、とセブールは思っているようだ。

間違ってはいけないのが、魔族と魔人は別だという事だ。

同種が存在し繁殖で増える魔族と違い、魔人は繁殖しない。

ただ魔物から人型に進化した存在だ。

ブランとノワールも食事を楽しみにしているようで、今も積極的に敷地の周辺で魔物と戦っている。

クグノチとトムは、そこまでして自分達の育てた作物を食べたいと思ってもらえるのが嬉しいようで、作物を育てるだけじゃなく、より美味しい物をと、二人して品種改良に勤(いそ)しんでいる。

勿論、品種改良には植物魔法を使っている。

そしてクグノチとトムは、作物の糖度を測る能力を手に入れていた。

ウッドゴーレムが進化を重ねて魔人に至ったとしても、流石に味覚や嗅覚の獲得は難しい。

だからクグノチとトムは、別の能力を獲得するに至ったようだ。

彼らが有能過ぎて、俺が農作業に関わる時間がどんどん減っている。

最初は俺の農作業の手伝いとしてクグノチを造ったのに、今では俺が、クグノチとトムのお手伝いになってしまった。

十七話　待望の酒造所完成

元ウッドゴーレムのトムがとても器用で、助かっている。

力はクグノチには負けるが、手先の器用さではトムが上だ。

まあ、手の大きさやゴツさが違うけどな。

そんなトムやクグノチの手助けもあり、とうとう酒造所が完成した。

熟成用の樽も、コツコツ作り続けた甲斐もあり、順調に増えている。

クグノチは大工仕事、トムは木工細工も熟すので本当に大助かりだ。

流石に鍛冶仕事は燃えそうなのでさせないが、実際には火や熱に対する耐性があるので、簡単には燃えないだろう。

一通りの道具も揃った事だし、あとは葡萄の収穫を待つばかりだった。

クグノチとトムの植物魔法が大活躍し、ブランやノーブルにも手伝ってもらい、葡萄を収穫した。

皮や種ごと搾った赤ワインと、皮と種を除いて搾った白ワインの二種類を造る。

葡萄の種と皮を除くのは、非常に面倒な作業だけど、ここで妥協をしては美味しいワインにならない。

俺とトム、ブランとノワール、そしてセブールとリーファまで手伝ってくれ、魔法で大豊作となった葡萄の半分を処理していく。

俺は赤ワインも好きだけど、スッキリとした白ワインも好きなんだ。

お酒に興味があるのは、セブールやリーファも同じようで、二人の力の入れようが違う。

あっという間に、お酒用の貯蔵庫に熟成用の樽が並んだ。

その数、赤白合わせて五十樽。

初年度だからこれくらいだけど、来年からは倍以上になると思う。

そうなると、倉庫を増やさないといけないな。

ワインの貯蔵庫は、気温や湿度を一定に保つ術式が施されているんだ。

ズラリと並ぶ樽を三人で眺めていると、忘れていた事を思い出す。

「あっ、瓶が必要だな。栓となるコルクと、ガラスもないとダメだ」

「確か、コルクは近隣の街では扱っていなかったように記憶しています」

「お爺さま。魔王国の宰相閣下の領地になかったかしら」

「おお、そうだ。デモリス殿の領地であったな」

「そこから買えるかな？」

「はい。それは問題ないかと思われます」

「じゃあそれでお願い。別に急がないから、ついでがある時でいいよ」

コルクは買えるなら、購入した方が手っ取り早い。

森の中にコルクとして使える木があるなら取りに行くけど、それを探すのが大変だ。また霧になって、森中を飛び回らないといけない。

そう考えたら、多少のお金は掛かっても買った方がいい。

「瓶の方も購入されますか？」

「瓶は自分で造るよ」

「ご主人様が、ご自分でですか？」

「ああ、それは任せてくれ」

リーファが瓶も購入するのか聞いてきたけど、瓶は自分で造ると決めていた。

何もこの世界の技術を疑っている訳じゃない。

魔法があるのだから、高品質なガラス製のワイルボトルを造れても不思議じゃない。

ただワインボトルには拘りたいんだよな。

森の葡萄で仕込んだ赤ワインは、タンニンが多く含まれる長期熟成タイプで、澱(おり)が多く出る。

このタイプのワインボトルには、ボルドータイプのいかり肩のボトルがいい。

来年には、クグノチとトムが品種改良した、タンニンの少ない葡萄からもワインを造る予定なので、なで肩のブルゴーニュタイプのボトルも造ろうと思っている。

勿論、白ワイン用に瓶の色も変えないとな。

その後、セブールとリーファから葡萄畑の拡張をお願いされた。

「えっと、もしかしなくてもワインが目当てか？」

「……そ、その、魔王城でも、なかなか口にする機会はなかったものですから」

「あ、あの、私も一年に一度飲めればいい方だったので……」

「いや、三人じゃ飲みきれないよ？」

セブールとリーファのお酒への熱意に、俺は少し引いた。

話を聞くと、先代魔王の身の回りの事を任されていたセブールは、隠居するまでほとんどお酒を口にできなかったらしい。

安酒のエールならまだしも、そもそもワインは高価な贅沢品で、魔王の執事でもたまに口にできる程度だったそうだ。

リーファが一年に一度と言うのも、そういう事らしい。

「ま、まぁ、クグノチとトムに品種改良はお願いする予定だし、これからもワインを造るけど、今の五十樽をワインボトルに詰めるだけで、凄い本数になるぞ」

まぁ、一度に全てを瓶詰めする訳じゃないけど、それでもボトルで保存する量も相当な量になる筈だ。

今、地下にワインの貯蔵庫を造る計画もあるくらいだ。

「取り敢えず、敷地を拡張するのは簡単だからいいけど、流石に俺とクグノチ、トムの三人だけじゃ手が足りない」

「旦那様のお力に頼るのは心苦しいのですが、ウッドゴーレムを増やして頂ければと」

ブランやノワールのようなオートマタじゃなく、ウッドゴーレムなら比較的簡単に造れる。

後はセブールとリーファがレベリングして進化すれば、確かに良い働き手になるのは間違いない。

「はぁ、仕方ないな。ウッドゴーレムを造るから、レベルアップの方は頼むぞ」

「お任せください！」

「……返事が素晴らしいな」

俺は日本人の感覚が抜けていなかったから、セブールとリーファの気持ちがいまいち分からなかったんだけど、よくよく確認すると、この世界は娯楽が極端に少ないらしい。

大人の日々の楽しみと言えば、お酒くらいしかないみたいだ。

しかも、普通はお酒と言えばエールを指すらしい。ワインは貴族様か豪商が飲む物だとさ。

地球でもワインの値段はピンキリだったからな。手頃な値段で飲める美味しいワインもあったけど。

「ホップが見つかったらエールも造るか？　大麦も作ってる事だし」

「ホップ……が何か分かりませんが、エールを造るのは賛成です」

「そうですね。普段はエールを飲むようにすれば、ワインも直ぐにはなくなりません」

……いや、リーファ。ワインを飲み尽くすつもりなの？

気を取り直して、セブールがホップを知らないのは、この世界のエールにはホップが入ってないからなのか、それともホップとは違う名前だからなのか、ホップ自体がこの世界にはないからなのか。

三番目だったら嫌だな。ホップのないエールは飲みたくない。

エール自体は上面発酵なので、造るのは比較的容易だ。

下面発酵のラガーは低温で発酵させる分、雑菌が繁殖し難いので、製造管理しやすく大量生産に向く。

雑菌に関しては魔法でコントロールできるので、そんなに大量生産しない俺達はエールで十分だろう。

そのうち時間ができたら、日本人としては飲み慣れた、ラガーのピルスナーも造ってみたいけどな。

酒造関係の話し合いが終わると、俺は早速ウッドゴーレムを造った。

もう三度目だから慣れたものだ。

トムと同じタイプのウッドゴーレムを二体、増やした。

名前は、オリバーとジャック。トムと同じで、もの凄く一般的な名前を付けてみた。

オリバーとジャックは、セブールとリーファ監視のもと、何故かブランとノワールのコンビと一緒に、レベリングに励んでいる。

ブランとノワールは、是が非でも味覚を手にしたいみたいだ。

十八話　深淵の森の楽園

恐ろしい事に、ブランとノワールが味覚を手に入れた。

種族はまだノーブル・リビングドールのままだけど、普通に食事を取れるらしい。

そのお陰で料理スキルが上がっている。

……ブランとノワールがワインを飲んでも、酔わないんじゃないのか？

まぁ、俺も酒では酔わない体になっているから気持ちは分かる。

純粋にお酒の味を楽しみたいんだろうな。

二人が味覚を獲得したお祝いに、セブールとリーファが街で買って来たワインをみんなで飲んだんだが、表情が分かりにくい筈の二人が嬉しそうだった。

不思議な事に、ブランとノワールの表情が豊かになっている気がする。

本当に人形だよな？　種族の名前に、リビングと付いてるけど。

オリバーとジャックも進化を経て、立派な農作業員になっている。

ウッドゴーレムの四人は、敷地内なら時間の制限なく稼働し続ける事ができるので、人間の何倍も働いてくれる。

活動に制限がないのは、この森の所為らしい。

深淵の森は魔力が濃く、強力な魔物が跋扈（ばっこ）する場所として有名だ。

クグノチ達ウッドゴーレムは、この魔力の濃い土地なら、二十四時間稼働し続ける事が可能なんだ。

逆に言えば、森の外に出ると稼働時間に制限があるのだが、それでも人間に比べればずっと長く働き続ける事ができるし、一晩休めば回復する。


鍬を握る俺の手に、雪がハラリと舞い落ちて来た。

気温が下がり始めていたので、冬の訪れも近いと思ってたけど、とうとう来たか。

屋敷には冷暖房を設置済みなので、慌てる事もない。

だいたい、セブールとリーファにしても、着ている服やインナーにバッチリ付与魔法が掛けてあるので、暑さ寒さで困る事はない。

冬籠もりの間、俺はセブールやリーファからリクエストをもらい、敷地や屋敷に手を入れている。

敷地の広さとしては十分だ。

更に拡張して南北に千二百メートル、東西に千メートル。

これ、東京ドーム二十五個分くらいの面積になる。

個人の家にしては広げ過ぎたと反省する。

そう言えば、広大な森の外側、西の山より向こうと南側の草原より向こうに、俺はまだ人間の形跡を見つけていなかった。

セブールとリーファは、森の外縁部の北側で暮らしていて、更に北西へ行くと、魔王国があるらしい。

西の山々は、北から南の草原手前まで森の端を連なり、ずっと西へと続いているそうで、魔王国と人間の国々とを隔てているそうだ。

「なぁセブール」

「はい。何でしょう？」

「此処って、誰かの土地じゃないって話だが、何処かの国の領土かな？」

誰の土地でなくても、何処かの国の領土なら、勝手に開拓していると問題がある。

「ああ、その事ですか。ご安心ください。深淵の森は誰のものでもありませんし、何処の国の領土でもありません」

「ならいいんだ。勝手に開拓して家を建てたからな。あとで文句言われると困るからな」

今更ながら、何処の国の領土でもなくて良かった。

ダンジョンに長い事潜っていたから、落ち着く場所が欲しくて開拓しちゃったけど、誰かの土地や何処かの国の領土を勝手に占有するのは気が引けるからな。

いや、気が引ける前に犯罪か。

「ご安心ください旦那様。此処がもし誰かの土地であったり、何処かの国の領土であっても、旦那様が此処を自分の家だとお決めになったのなら、何人たりとも異を唱える事はできないでしょう」

「そ、そうなのか？」

「はい。旦那様はそれだけのお方ですから」

セブールの言う事はよく分からない。

人の土地だったり、何処かの国の領土を勝手に占有しても、文句を言われないの？

まあ、取り敢えず、何処かに税金を払う必要はなさそうだ。

それにしても随分と文化的で、長閑な生活を楽しめているなと思う。

森の中だとは思えない快適さになった。

屋敷には冷暖房、広い浴室と清潔なトイレ。

セブールとリーファのお陰で布地の件は解決したし、畑と果樹はクグノチやトム、オリバーとジャックのお陰で、これ以上ないくらい上手くいっている。

セブールに頼まれて、敷地に結界を張ってからは、空を飛ぶ魔物が間違って入って来る事もなくなった。

森なので、普通は虫が多くて大変なんだろうけど、虫除けの結界で解決だ。

この結界は、蜜蜂（みつばち）のような虫は結界を通り抜けられるよう調節してある。

そのうち養蜂もしようかな。

問題があるとすれば、森にいる蜜蜂は魔物なんだよな。

働き蜂のサイズは、日本で見た蜜蜂と変わらない。

当たり前だよな。花のサイズが地球と変わらないんだから。

ただ、魔物の蜜蜂には兵隊蜂が存在するんだが、これがデカイ。三十センチくらいある。

しかも蜜蜂の針は一度刺すと抜けてしまうが、魔物の蜜蜂は雀蜂（すずめばち）みたいに何度も刺せる。

そして女王蜂に至っては、体長が一メートルもある。

当然、巣はめちゃデカイ。高さ十メートルはあるだろうか。

森の中に一つあるのは見つけてある。

いずれ養蜂ができないか相談してみよう。

ブランとノワールが味覚を獲得してから、料理のレパートリーも増えて食生活も豊かになった。

塩しかなかったのだが、セブールとリーファのお陰で香辛料を手に入れた。

油は高かったが、植物系のオイルを大量に購入したのも、料理の幅が広がった理由の一つだ。

揚げ物ができるようになったからな。

ただ油の値段は高い。

だからオリーブの木を植えた。向日葵や油の採れる植物の栽培も予定している。

それと、お茶の木の栽培も順調だ。これはトム達に任せている。

トム、オリバー、ジャックの三人は、茶摘みができるくらい器用だからな。

あれこれと手を出しているが、まだまだ足りない物が多い。田舎暮らしは自給自足じゃないとな。

ダンジョンで血を啜ってた頃には戻りたくないし。

そんな吸血鬼らしからぬ事を思いながら、俺は食器のバリエーションを増やすため、山の方から掘り出した粘土で陶磁器を作っている。

磁器に向いたいい粘土を見つけたんだ。鑑定眼鏡様々だな。

ただ、普通に魔法で焼成するのも捻りがないので、魔物の骨を灰にした骨灰を混ぜた、なんちゃってボーンチャイナも試している。

高温で焼成するのも、魔法任せなので簡単だ。

他にも、銀食器も俺の手製だ。

鉱物系は基本的に山で抽出して来る。

鉄や銅、銀や金だけじゃなく、ミスリルやアダマンタイトなんてファンタジー鉱物も量は少ないが抽出できている。

あの森の際にある山々は、鉱物資源の宝庫だ。

魔力が濃い地域だからなのか、その辺の因果関係は分からないが、とても助かっているのは事実だ。

それにここは、水が豊富で綺麗だからな。

敷地を今の広さに広げた時に、湧き水も見つけた。

一人の時は、多少寂しいと感じる事もあったが、セブールとリーファが来てからはそれもなくなった。

眷属も増えているし、賑やかになったものだ。

最初は話せなかったクグノチも会話ができるようになったし、トムやオリバーとジャックは早くから言葉を手に入れていた。

ブランとノアールに関しては進化する前から会話が成立してたからな。

もう此処は楽園と呼んでいいんじゃないかな。

十九話　その頃の魔王国

魔王国宰相のデモリスが、魔王城の廊下を歩いている。

やがて豪華な扉の前で止まると声を掛ける。

「陛下。デモリス、お呼びにより参上致しました」

「入ってくれ」

部屋の中では一人の男がデスクに向かっていた。

「ご苦労、デモリス」

顔を上げる事なくデモリスに声を掛けたのは、第十六代魔王ヴァンダードだ。

先代魔王の施政に反対し、実父を討ち、自ら王へと即位した。

その際、魔王城で働く文官武官全てが胸を撫で下ろした。それだけ先代魔王の統治は恐怖だったのだ。

先代魔王、その名をバールという。

長い魔族の生の全てを戦いに捧げた武王。

確かに武力、魔力量は歴代魔王で最強だった。

バールは周辺国全てに戦争を仕掛けていた。

国内の疲弊(ひへい)など考えない。周辺国へ戦争を仕掛けるはっきりとした理由もない。

バールにとって、闘争こそ全てなのだ。

確かに、魔族は人族に比べ魔力量が多く、身体能力も高い。

しかも寿命も長い種族が多い。

人族の国が魔族を警戒するのは分かるが、理由もなく魔王国と戦争したい筈がない。

魔王国と積極的に戦争がしたいのは、聖国と呼ばれるジーラッド聖国だけだ。

ジーラッド聖国は、魔族を魔物と変わらぬ邪悪な存在と言い放ち、神の名のもと滅ぼすべき存在とし、聖戦を周辺国に呼び掛けている。

周辺国の反応はよくないのだが、空気の読めない聖国は分かっていない。

どちらにせよ、このままでは魔王国が潰れてしまう。

流石に種族としては強者の魔族でも、全ての国々を相手取って戦争などしては、国が疲弊してしまう。

そこで民のため、国のために立ち上がったのがヴァンダードだった。

武力は父であるバールには及ばないが、理性的で、内政能力は父とは比べものにならない程優れている。

ヴァンダードも、何度も生前の父に諫言したが、聞き入れるバールではなかった。

バールには、戦争の先の展望がなかった。

魔族による大陸統一。ただそう謳(うた)うだけで、その後は何も示さない。

統一した大陸をどう運営するのか？

魔族以外は全て殺してしまうのか？

新しく得た領土を誰がどういう風に治めるのか？

何も考えていない。

そんな無茶苦茶なバールが魔王として長く玉座に座っていられたのは、その武力故だ。

魔族は武力を尊ぶ傾向がある。

だから武に極振りしたようなバールでも、長く王を務める事ができた。

その治世は、周辺国との戦争の日々だったが……

先代の治世が終わり十数年、やっと魔王国は持ち直してきた。

ヴァンダードやデモリスの必死の努力で、聖国を除く周辺国と休戦協定を結び、通商条約を結ぶところまで漕ぎ着けた。

戦争で疲弊した国内も復興を遂げつつあった。


ヴァンダードとデモリスのいる部屋に、入室を伺う声が聞こえ、ヴァンダードが許可をすると、二人の男が入って来た。

「遅くなりました」

「陛下、ただいま戻りました」

文官の長アバドンと、武官の長イグリスだ。

「ふむ、では始めようか」

ヴァンダードが全員に座るよう手振りで促した。

先ず口を開いたのはアバドンだ。

「では私から。聖国以外の国々との関係は順調です。交易によるお互いの利益も偏り過ぎる事なく、人の交流も問題は起こっていません」

次にイグリスが発言する。

「俺の方は相変わらずだ。聖国はどうしようもないな。しきりに周辺国と手を組み、魔王国を攻めようと画策しているな。まあ、何処の国も聞く耳を持たないがな」

「ふむ。あの国はもう少し理性的になれんのか」

「陛下、少し前までの我が国を考えると言えないかと」

イグリスの報告にヴァンダードが眉をひそめるも、デモリスにそう言われ、それもそうかと納得する。

「しかし、国は上手く回り始めたが、その分の仕事が多いわ」

「それは仕方ありませんな。普通の国家とは、内政仕事が大きなウエイトを占めるものですから」

ヴァンダードは、代替わりしてからの忙しさに辟易(へきえき)していた。

魔王国にも優秀な文官は育ち始めているが、それでも人数はもっと欲しい。

「セブール殿が助力してくれると助かるのですが」

「セブールか、あれに責任はないのだがな。もし責任があるとなれば、一番に責められねばならんのは、息子である私であろう」

デモリスがセブールの不在を嘆くと、ヴァンダードも頷く。

セブールの話が出て、思い出したようにアバドンが口を開く。

「そう言えば、少しセブール殿に相談したい事がありまして、部下に手紙を持たせて例の隠居所に行かせたのですが、どうもあの場所を引き払ったようです」

「なんだと!?　セブールの行方（ゆくえ）は分からんのか？」

アバドンの話の内容に、ヴァンダードが思わず立ち上がる。

ヴァンダードにとってセブールは、傍若無人（ぼうじゃくぶじん）な父以上に、身内にも等しい存在だった。

「外縁部で、魔力の濃度が薄い北側とはいえ、あそこは深淵の森ですからな。捜すのも難しいですから」

比較的安全な北側以外に、アバドンは捜すべき場所が思いつかない。

「うむ。深淵の森であれば、会いたくない者に会わなくてもいい分、気楽だがな」

「それを言えるのは、イグリスが強い武人だからであろう。私などとてもとても」

イグリスが、引き籠もるのには最適な場所だと言うと、アバドンが突っ込んだ。

「アバドン殿、勘違いされると困るぞ。私も深淵の森には近付きたくない」

「セブールの住家（すみか）は絶妙な場所にあったからな。あれよりも内側に入るのは、亡き父でも無理だろう」

ヴァンダードが言った。

セブールがあの場所を住家にできたのは、アルケニーという種族特性も関係している。

蜘蛛の特性を持つアルケニーは、隠れ潜むのが得意だった。

「セブールは孫娘と一緒だったな。二人が魔王国に戻ったという事はないのか？」

「いえ陛下。セブールの息子に確認しましたが、何も聞いていないようで、混乱していました。娘がセブールと一緒ですからな」

ただ、魔王国の国境を越えて、近くの街に入れば足取りを辿れる可能性もある。

「一応、南東側の国境付近にある街に立ち寄っていないか、調べてみます」

「うむ。頼む。セブールの跡取りは王城で働いているからな。父親と娘の行方が分からないでは心配であろう」

長きにわたり魔王国を支えてきたセブールの失踪は、本人達が思っている以上に大事（おおごと）になっていた。


その後、セブールの情報は直ぐに掴めた。

幾つかの街で色々買い物をしていた事が判明したのだ。

ただ、大麦や小麦の種籾やカブや野菜の種、酒や食器に日用品類など、購入した量も種類も、二人で使うには色々とおかしい。

しかも、国境から南東方向へ向かったという。

南に向かったのなら、人族の国へ行ったのだと解釈できる。

今では魔族と人族の交流も進み、両者が手を取り合う地域もあった。

だが、魔王国の南東方向には深淵の森しか存在しない。

森までに現れる魔物も凶暴で、魔王国でさえ領土に組み入れるのを諦めた土地だ。

住家に戻ったのか？　それとも森の中に居を移したのか？

北側以外は、実力者と言われるセブールでも、生きるのは難しいとしか思えない。

宰相のデモリスは様々な手段を用いて、セブールの行方を捜す事にした。

二十話　南の事情

俺――シグムンドは手描きの地図を眺めながら、セブールに思った事を聞く。

「なぁ、森の周辺の情報を教えてくれないか？」

「はい。私が知るのは森より西側になりますが、それでよろしければ」

「ああ頼むよ」

俺の家は、深淵の森の中央からだいぶ南西部にある。

ここから北の外縁部に、セブールが暮らしていた住家があったそうだ。

西の山を越えて暫く行くと人族の国々がある。

魔王国はその北側にある。森からは北西方向にあたる。

魔王国の領土はかなり大きいらしいが、耕作が可能な土地は、それ程広くないらしい。

森の東側はセブールも詳しくないと言う。以前文献で調べた内容によると、草原から砂漠になり、その先に海があるらしい。

そして南側は、俺が森の端まで行った時に、草原があるのを確認していた。

「南にも海がある筈です」

「おお！　海が近くにあるのか！」

そこで俺はおかしな事に気が付く。

「なぁ、草原のある平地があって、海が南にあるのなら、そこには何処かの国があるのか？」

そう、そんな良さげな立地を放っておく訳がないと思ったんだ。

「いえ、人族の国々はその西側ですな」

「どうしてだ。何か理由があるのか？」

「いえ、確か遊牧民が暮らす土地だったと記憶しています」

少数の遊牧民が暮らす土地だと言う。

「よく人族の国々が奪わなかったな」

「はい。今までは魔王国という、強大な敵が存在していましたから」

「ああ……」

セブールの話では、南側の草原地帯も、旨味のある土地ではないらしい。

草原ではあるが、肥沃ではないので、農耕地とするには時間が掛かる。しかも魔力も薄いので、土壌改良したとしても作物の育ちは普通程度。コストに見合わないらしい。

「でも海があるだろう？」

「港にできる地形ならよかったのでしょうが、小型の船しか接岸できないようです」

そこまで聞いて少し引っかかる。

「待てよ。ひょっとして、今は何処かの国が侵攻を考えているのか？」

「聖国を除き、魔王国とは停戦協定を結びました。中には終戦協定を結ぼうとしている国も幾つかあります。魔王国の脅威が去ったのなら、早速領土を西へ広げようと考えるかもしれませんが、そこまで人族の国も愚かではありません。一つの国を除けばですが」

「それは何処の国なんだ？」

「ジーラッド聖国でございます」

「ジーラッド聖国？」

セブール曰く、ジーラッド聖国は魔族を魔物と変わらぬ邪悪な存在と言い放つ好戦的な国で、傲慢だと嫌われているらしい。

同じく魔王国と戦っていた国々からもよく思われていないらしく、いまだに魔王国と戦争状態にある。

ただし、かつては周辺国が一体となりなんとか魔王国と互角だったので、ジーラッド聖国一国となれば相手になる筈もなく、結果的に近年は小競(こぜ)り合(あ)い以上の衝突はないそうだ。

「なんだその迷惑な国」

「はい。まことにその通りです」

それと、南に暮らす遊牧民は、人族や獣人族、エルフと雑多な種族が混在しているという。

「ひょっとして、国を追われたのか？」

「正解でございます。他の国は種族による差別はございませんが、聖国は人族しか認めませんし、同じ人族でも、他種族と婚姻するような者は認めませんから」

「何だか聞いてて気分が悪くなったな」

国を追われた人達が一生懸命生きている土地を、また取り上げようとしているとは。

先代魔王としている事が変わらないじゃないか。

「では、聖国を滅(ほろ)ぼしますか？」

「……いや、しないよ」

俺が不快感を隠さず言うと、セブールが怖い事を言った。

顔がマジみたいだけど、そんな事しないよ。

「ですが、此処から比較的近い南の草原を聖国が侵略するのは面白くないのでは？」

「そうだよな。俺達とは絶対相容(あいい)れない国ではあるな」

魔族滅ぶべしと考える聖国が、近くに侵攻するのを黙って見ているのもな。

ただ、聖国の目的がいまいちはっきりとしない。

「でもそんなに旨味がないのに、どうして聖国は草原に侵攻しようと思うんだ？」

「労働力でしょうな」

「労働力？」

俺は首を傾げる。

確かに、この世界は地球に比べ圧倒的に人口が少ない。

労働力が欲しいのは分かるが、草原に侵攻してまでとは、何か理由があるのか？

俺が考え込んでいると、セブールが理由を教えてくれた。

「雇用ではございません。奴らは捕虜と申しますが、一方的に侵攻しておいて捕虜も何もあったものではございません。要するに、死ぬまで無給で働く奴隷が欲しいのです。戦える男は魔王国との戦争で肉盾として使えますから」

「……本当に潰したくなるな」

「旦那様なら容易いかと」

「いや、しないからな」

しかし、ただ聖国の奴らの行動を放置するのも違うな。

俺と遊牧民とは何の関係もないから、死のうが生きようがどうでもいいんだが、あまりに理不尽な振る舞いは看過できない。

遠くで知らぬ間に起こったのなら、ふーんで済む話だろうが、目と鼻の先だからな。

「聖国の奴らが侵攻すれば、察知できるようにできないかな？」

「旦那様なら、軍の侵攻を感知する結界を魔導具化できると思います」

「……できそうだ。出力は弱くても大丈夫だ。俺が察知できる程度の信号を発信すればいいんだからな」

魔王国の南側に広がる人族の国々と草原との境界に、幾つか魔導具を埋め込めばいけると思う。

草原の南北は狭く、五十キロ程しかない。

東西の五百キロも、国と考えれば広いとは言えない。

それでも聖国が領土として組み込む分には十分なんだろう。

させないけどな。

「旦那様、必要があるかないかで言いますと、ないと思いますが、戦闘用の眷属を用意するのも手ではないでしょうか？」

「確かに、クグノチ達も弱くはないけど、仕事が忙しいからな」

敷地を護るゴーレムも欲しいな。城を守るガーゴイルのような役割だ。

それとは別に、機動力のある戦闘用の眷属を作ろうと思う。

俺はセブールと相談して、一人深淵の森の中央へと飛んだ。

俺一人なら直ぐに着ける距離だ。

「グルルルゥ」

俺の前では、タイラントアシュラベアが身動きできずに、命乞いをしていた。

この森の最強格であるタイラントアシュラベアも、俺が魔力を抑えず威圧すると、反抗せず、ただ体を強張（こわば）らせ、すがるような目で俺を見る。

「俺の眷属になるか？」

「グルゥ」

しまいにはお腹まで見せて、降伏のポーズになった。

早速、俺はタイラントアシュラベアを眷属化する。

「さて、あとは名付けだな。よし、お前はアスラだ」

「グウォオ！」

気に入ったようだな。

さて、この後はアスラを進化させないと。

深淵の森の中央なら獲物に困らない。

それでもアスラが進化を迎えるには十日程掛かった。

深淵の迷宮が残っていれば、もっと楽にレベルを上げられたんだが、ない物ねだりをしても仕方ない。

タイラントアシュラベアは、進化してグレートタイラントアシュラベアとなった。
大きさは変わらないが、一目で格段に強くなったのが分かる。

名前：アスラ
種族：グレートタイラントアシュラベア　レベル1
スキル：爪術　レベル5、灼熱(しゃくねつ)の息吹(いぶき)　レベル4
　物理耐性、魔法耐性
　体力強化、耐久強化、俊敏強化
　生命力強化、体力回復速度上昇
　再生、頑強、怪力、気配察知、魔力感知
称号：不死王の眷属

灼熱の息吹とは、ドラゴンのブレスみたいなヤツだ。
物理にも魔法にも耐性を持ち、体力、生命力が高くタフで死に難い。
アスラは普段、今まで通り深淵の森で暮らしている。

そして時々、西方諸国と草原の境界でパトロールをしている。

遊牧民はアスラに近付かないようだ。

彼らの家畜がアスラの気配を感じるからかな。

二十一話　聖国の厄日

その日、ジーラッド聖国の中枢に衝撃が走った。

東の草原地帯に侵攻する準備は着々と進んでいた。

領土を拡大し、労働力を確保し、戦争時には肉盾として使う、一石三鳥の作戦。

周辺国からの反発と抗議が殺到するのは必至だったが、そんな事を気にする必要はなかった。

ところが、そんな非道な侵略が事実上ストップした。

「どういう事だ！　草原への侵攻が無理だとぉ！」

そう怒鳴（どな）るのは、ジーラッド聖国の聖王バキャル。

自らを神の末裔（まつえい）と称し、自分達が世界を治めるのが当然と言い切る男。

勿論、バキャルの血筋が神に連なるなんて事はあり得ない。

人類の長い歴史の中で、神が顕現した事は一度もないのだから。

バキャルが怒鳴っている相手は、神聖軍という大仰な名の付く軍隊を率いる、ローデン将軍。

煌びやかな鎧に身を包む男が、斥候からの報告を受け、急ぎ聖王のもとへやって来たのだ。

「はっ、草原への侵入口は広くありません。軍が侵攻できるルートは二ヶ所。そこを、恐ろしい魔物が縄張りにしたようです」

西方諸国と草原が接している距離は南北に五十キロ程だが、軍隊を侵攻させるルートは二ヶ所しかない。

「恐ろしい魔物？　そんなもの殺してしまえばいいではないか！」

「陛下、並の魔物なら陛下に報告をあげるまでもなく、私の判断で魔物を討伐するよう、命令を下したでしょう」

「ならば、そうすればいいではないか」

「並の魔物ならよかったのですが、斥候部隊の兵が鑑定眼鏡で個体の確認を行ったところ、グレートタイラントアシュラベアである事が判明したのです」

「それがどうした？」

バキャルは名を聞いてもピンと来ていないようだった。

ローデンはため息を呑み込み、丁寧に説明する。

「陛下。タイラントアシュラベアは、深淵の森の中央付近に棲息するＳ級の魔物です。グレートタイラントアシュラベアは、その上位種。古い記録に名を記すだけのＳＳ級の魔物です」

「強いのか？」

まだ理解しないバキャルに呆れるローデンだが、顔には出さない。

「分かりやすく言いますと、グレートタイラントアシュラベア一頭を討伐するには、我が神聖軍が全滅する覚悟が必要です」

「ば、馬鹿な……」

やっと危険性を理解したバキャルに、ローデンは念のため、もう一つの分かりやすいたとえを持ち出す。

「陛下もご存知の魔王国先代魔王バール。あの男ですら、深淵の森の中央付近の魔物は倒せないどころか、中央まで辿り着けないと言われています」

「なっ!?　あのバケモノがかっ！」

バキャルは先代魔王バールの理不尽な強さを知っている。個人で軍勢を相手に無双する馬鹿げた存在だった。

魔王国で実の子による下克上が起こり、バールが死んだと聞かされても、バキャルは暫く信じる事ができなかった。

そんなバールですら、足を踏み入れる事ができなかった場所に棲む魔物。

「クソッ！　神の意思を邪魔するケモノ風情が！」

ローデンは報告を済ませると、いまだ激昂して喚くバキャルを残して退出した。

「聖国は一度滅んだ方がいいのかもしれんな」

ローデンは、そう呟いて立ち去る。

聖国の人間全てが理不尽な思考の持ち主ではないのだ。むしろ、まともな感覚を持った人間の方が多い。

ただ、それでも聖王の権力は絶大だった。

俺──シグムンドは、ジーラッド聖国への対応を終えた。

もし軍が侵攻してきたなら、結界の魔導具が報(しら)せてくれる。

アスラを目立つようにウロウロさせたところ、聖国の斥候部隊が、慌てて草原から遠ざかったのを把握している。

まあ、草原は暫く放置だ。面倒な奴らが来なければ基本的に関係ないからな。

だけど、うちの敷地には少し手を加えた。

外壁の外側の四隅にロックゴーレムを配置した。

これはクグノチやトム達とは違い、シンプルに、山で石を切り出し、コアを用意してゴーレムにしただけだ。

体高三メートルでズングリとした、ゴーレムらしいゴーレムと言えるだろう。

普段は動く事なく彫刻のように立っている。

与えた命令は、敵意を持つモノを排除する。それだけだ。


深淵の森が薄らと雪化粧した。

これから春までは、本格的に引き籠もって色々と好きなモノを造る。

セブールとリーファの出す糸の品質が良くなった。

デビルクロウラーから作る糸にも負けてないと思う。色々な種類の糸を出せる分、二人の方が優れているかもしれない。

これも進化のお陰だと、二人とも喜んでいる。

リーファは冬の間、ブランとノワールに裁縫を教えている。

俺はたまに錬金術で糸を作るくらいで、裁縫関係は任せっきりだ。

なぜなら、冬になっても俺の仕事は多い。

ワイン用のボトルも造っている。

これは魔法で造るので、素材さえあれば、後はイメージをしっかり持つだけで大量に同じ物ができる。

今俺がチマチマと手作業で作っているのは、ベッドのマットだ。

鉄でスプリングを造るところまでは魔法任せなので楽なんだけど、スプリングを大量に縛って繋げていかなければならない。

俺のベッドはキングサイズなので、とても面倒だ。シングルサイズにしておけばよかった。

ベッドマットは全員分、必要になる。

セブールにはセミダブルのベッドを、リーファにも同じサイズのベッドを作った。

今更言うのも何だが、基本的にリーファは、何故か俺のベッドに入って来る。なので、ほぼ使ってないんじゃないかな。ハハッ……

全部俺の、精力強化のスキルが悪いんだ。

あんな美人でバインッバインッのボディが、夜ベッドに忍び込んで来れば、我慢なんてできる訳がないじゃん。

一度そうなっちゃうと、もう歯止めは利かないよな。

祖父公認だから、と言い訳しておく。

まぁ、誰相手に言い訳するんだって話なんだけど。

ブランやノワールも普通にベッドを使うが、シングルサイズなので助かっている。

因みに、クグノチやトム、オリバーやジャックは基本的に寝ない。ゴーレムだからな。

もともとオートマタの、ブランとノワールが眠れている事の方に驚いている。

それから暫くして、セブールとリーファが別の意味でも眷属となった。

ある日セブールとリーファから、吸血鬼としての、血の眷属にはしないのかと聞かれたんだ。

「いや、不老不死になっちゃうよ。不死の方は限りなく不死って感じだけど、寿命に関してはなくなるから」

「それはメリットでは？」

「ん？　そうなのか？」

もともと長寿の魔族が不老になったところであまり変わらないのか？

俺は首を傾げながら、デメリットになるかもしれない事を伝える。

「日の光や銀に弱くなるかもしれないし、光属性の回復魔法が使えないかもしれない。何より吸血衝動に困る事になるかもよ」

「えっと、ご主人様もそうなのですか？」

「……いや、違うな」

そう、俺に関して言えば、吸血鬼としてのデメリットは皆無だ。

ただ吸血鬼の眷属となった場合、セブールとリーファがどうなるかは分からない。

結局、二人からの強い要望に押し負ける形で、二人を血の眷属にした。

結果、心配したような事はなかった。

太陽の光も銀も平気だし、鏡にも映る。

ニンニクは二人とも好物だし、体の汚れを光魔法の浄化でキレイにしてサッパリしている。当然、回復魔法で回復する。

二人の種族は、エレボロス、アルケニー種になった。

得た能力は、エレボロスロードの俺の劣化版という感じだ。

高速再生による高い不死性。

俺なら灰になったとしても復活するだろうけど、セブールとリーファにそこまでの不死性はなかった。

身体能力も少し上昇しているようだ。

あと、霧化と狼や大蝙蝠になれる変化も得ている。

霧の範囲の違いや霧状態での移動速度に違いはある。

血液による魔力と体力の回復もあるが、吸血衝動がないので、望んで魔物や人間の血を飲みたいとは思わないと言っている。

ただ、血の眷属は極力増やさないと決めた。

寿命がなくなる事が幸せかと問われると、俺も分からないしな。

二人は俺を残して逝くのが耐えられないと言い、同じ時を生きる事を望んだ。

まだ一年も一緒にいないのに、その忠誠心は何処から来るのかと思うんだけど、嬉しかったのは事実だ。

二十二話　春の訪れと逃亡者

冬の間の作業は順調に進み、屋敷の内装にも少し手を加えた。

食器類も多く作れたし、リーファ達の頑張りで、カーテンやカーペットも揃った。

今朝は天気も良く、ブランとノワールが焼いてくれたパンとスープで朝食だ。

俺が日本人だった頃は、朝食は食べずコーヒーだけだったが、異世界に来てからの方がしっかりと食事を取っている気がする。

そんな時、俺の探知範囲に幾つかの気配を捉えた。

「……害意はなさそうだ。南側からという事は、草原から何らかの理由で逃げ出してきたのか？」

俺がそう独り言を言うと、セブールとリーファも気配を捉えたようで、どうするか視線で俺に聞いてきた。

「一応、保護するか。もし害意があったとしても、どうなるものでもないしな」

「そうですね。私が行きましょう」

「私も行くわ、お爺さま。子供の気配を感じるもの。女である私が一緒の方がいいと思う」

「そうだな。頼めるかセブール、リーファ」

「「お任せください」」

セブールとリーファが部屋を出ていく。

「ブラン、ノワール、一応部屋の用意をお願い」

「「承知しました」」

綺麗なお辞儀をして、ブランとノワールが出ていく。

普通、主人の側には常にメイドが一人、控えるものかもしれないけど、うちではその辺がゆるゆるだ。

そもそも、俺とみんなは一つのテーブルで一緒に食事を取ってるしな。今更だろう。

◇

草原で遊牧民として暮らし始めて数年。

やっと家畜も増えてきたところで、男は、同じ遊牧の民に襲撃された。

家畜を奪われたが、家族と着の身着のまま逃げ出す事には成功した。

妻と幼い娘二人をそれぞれ抱いて、北へと走った。

西へは逃げられない。

そこは数年前に棄てた土地だから。

男が悪い訳ではない。

真面目に実直に生きてきただけだ。

ただ、男は運に恵まれなかった。それだけだ。

北へ行けば奴らは追って来ないと分かっている。

何故なら北に広がる広大な森は、決して近付いてはならない深淵の森。

不帰の地だと怖れられている森だ。

男も、北へ行けば助かるなんて思ってはいない。

妻が彼奴らに穢され、娘達が売られるのなら、魔物に襲われ死ぬ方を選ぶだけの話だった。

比較的北寄りを遊牧していた所為で、次の日には森に辿り着いた。

もう奴らは引き返しただろう。

しかし、戻るのは危険だと判断した。

二人の娘を飢えさせる訳にはいかないと、獲物を探して森へと入る。

ただ、妻と娘をこんな場所に残して行く選択肢もない。

暫く進むも、深淵の森とは思えない程、魔物に遭遇しない。

それは、この時点でセブールとリーファが近付いていたため、魔物が逃げ出したからだった。

勿論例外もあり、本能が強過ぎて、反射的に獲物に襲いかかる魔物もいる。

そんな魔物、ジャイアントセンチピードが現れた。

凶悪な口を開き、今にも男女に襲いかかろうとするジャイアントセンチピード。

全長十メートルの巨大な百足の魔物を前に、男と妻の足は竦み、咄嗟に逃げる事はできなかった。

もうダメだと、目を強く瞑る。

しかし、何時まで経っても死が訪れない。

怖々目を開けると、そこには、頭を潰されてもなおもがき苦しむジャイアントセンチピードと、攻撃したであろう老人――セブールが超然と立っていた。

老人とは思えない程背筋がピンと伸び、場にそぐわぬ執事服に身を包み、柔らかな笑みを男達に向けている。

横には、いつの間にか老人と同じ銀髪の美女がそっと立っていた。

その美女――リーファも、深淵の森には相応しくないメイド服を着ている。

彼女が男に話し掛けた。

「この森は普通の人には危険よ。取り敢えずついていらっしゃい」

男は突然の出来事に、直ぐに判断できない。

男が反応できずに押し黙っていると、妻がそれに応じた。

「助けて頂きありがとうございます」

「ええ、それでどうする？　もし、私達が信用できなくてついて来なくても、森の外までは送るわよ」

「いえ、私達を助けてください！」

「おい!?」

「黙ってて！」

妻が男に、強い口調で言った。

「お話は、落ち着ける場所で伺いましょう。その後、希望される場所へお送りする事を約束しましょう」

「そうね。小さな子供も休ませてあげないとね」

「お願いします」

セブールとリーファに、頭を下げる妻。

「…………」

男は最早空気だった。

セブールの先導で、森を北へと進む。

森の奥へと入って行く事に不安は募るが、不思議な事に、魔物の気配を感じなかった。

森の中は歩き難く体力を奪われるが、彼らはもともと森の民、森歩きは慣れている。

疲労感が襲うのは、ここが、人が存在してはいけない場所だと知っているからだ。

やがて、信じられない光景が目に飛び込んでくる。

深淵の森に深く踏み込んだ場所に、突然樹々が拓かれ、立派な外壁に囲われた地が現れた。

頑丈そうな鉄の門を潜ると、男はポカンと口を開けて惚けてしまう。

広い畑が広がり、奥には立派な屋敷と幾つもの倉庫や小屋が建ち並ぶ。

水を湛えた池もあった。水路が走り綺麗な水が絶えず流れている。

その先には果樹畑が見える。

「さあ、我らのご主人様がお待ちです」

「こちらへどうぞ。旦那様はお優しい方ですが、くれぐれも失礼のないようお願いします」

「「…………」」

もう返事もできない。

代わりに幼い子供達は、初めて見る不思議な光景に目をキラキラさせていた。

それはそうだ。畑ではウッドゴーレムが農作業しているのが見える。

そんな光景を見るのは初めてなのだから。

再度促されて、やっと屋敷へと向かう男と妻。

大人と子供で明らかにテンションが違うが、仕方ないだろう。

◇

おっ、帰ったか。

大人が二人と子供が二人。親子だろうな。

俺――シグムンドが気配を読み取っていると、セブールが俺の部屋に入って来た。

「お連れしました。どうやら遊牧民のようです」

「気配からすると、悪い人間ではなさそうだな」

「はい。特に女の方は肝も据わっています」

「じゃあ、話を聞くとしようか」

応接室に行くと、柔らかいソファーが楽しいのか、クッションで遊ぶ子供達と、緊張で顔色が青い男女がいた。

おお、耳が長い！

遊牧民と聞いていたが、エルフとは思わなかったな。

この世界にはエルフがいるのか。なら獣人とかもいるのかな。

「俺はシグムンドだ。一応ここの主人だ。構わないから座ってくれ」

俺は一人掛けのソファーに座り、慌てて立ち上がった大人のエルフ二人に、座るよう促した。

セブールとリーファが自然に俺の背後に立つ。

「俺はボルクスだ」

「ボルクス失礼よ！　申し訳ありません。妻のルノーラです。こちらは娘の、ミルーラとララーナです」

「そんなに気にしなくていい」

父親のボルクスは、無意味に虚勢を張っているようだ。

まあ、家族を護ろうと必死なんだろうが、相手を見て冷静に考えないと、護れるものも護れない。

「背後に控えている執事がセブール、その隣のメイドがリーファだ。さて、セブールから聞いた話では、森の中で保護したという事だが、簡単に事情を聞きたい」

「……」

「はい。お話しします」

ここでもやっぱり、ルノーラさんが主導して話をする。

ボルクス達は、もともと西方諸国の出身だった。

戦乱が続く西方諸国から東部草原地帯へ避難し、遊牧民として暮らし始めた。

この選択、タイミングが悪いとしか言えない。

何故ならその後直ぐに、魔王国と西方諸国連合の戦争は終結したからだ。

それでも十数年で家畜を増やし、二人の子供達にも恵まれた。

ただ、遊牧民の中には良い人間もいれば、クズみたいな人間もいる。

北寄りで放牧していた時、同じ遊牧の民から襲撃を受けた。

ボルクスとルノーラは、財産である家畜を棄てて、北へと逃げ、何とか森に辿り着いた。

この家族はラッキーだったんだろう。

俺の索敵範囲は、南側は草原に差し掛かる付近までカバーしている。

急ぎ向かったセブールとリーファが、ボルクス達家族が魔物に殺される前に合流できた。

ボルクスとしては、森に逃げ込んだのは、ヤケクソだったんだろうな。

襲って来た奴らに殺されるくらいなら……って感じだと思う。

「なる程ね。まぁ、災難だったと諦めるには失ったモノが大きいか。取り敢えず食事にしよう。お腹が空いていると頭も回らないからな」

兎に角、先ずは腹ごしらえとリーファに目で合図すると、黙っていたミルーラとララーナが子供らしい反応をする。

「ごはん！」

「おなかすいた！」

ルノーラさんが慌てて止めようとする。

「ミル！　ララ！」

「いい、いい。子供は素直が一番だ」

俺はブランとノワールに食事の用意を頼む。

「ブラン、ノワール、食事を作るよう頼む」

「「畏まりました、ご主人様」」

ボルクスは、ブランとノワールがいる事に気が付かなかったのか、ビクリと体を震わせる。

本当にブランとノワールは何を目指してるんだろうね。気配を消して行動するのはやめなさい。

食堂に移動すると、テーブルに並べられた料理を、ミルーラちゃんとララーナちゃんが夢中で口に運んでいる。

「おいしいよぉ〜！」

「おいひい！　おいひい！」

飢える程ではなかったみたいだけど、満足には食べられてなかったようだな。

この世界では、飢えるなんて当たり前に転がっている話みたいだけど、元日本人の俺としては切なくなるね。

「リーファ、子供達にジュースを出してあげて」

「はい。直ぐにお持ちします」

リーファは微笑んでジュースを取りに行った。

セブールもリーファも、魔王国では裕福な部類だったから、日々の食事に困っている人がいる事は知っていても、実際に遭遇した事はないだろう。

だから、子供達が美味しそうに食事をする光景に、嬉しそうに目を細めている。

「「あまぁーい！」」

ジュースを飲んで、満面の笑みの二人の子供。

うん、美味しいよね。ただ搾っただけなのにめちゃ美味しいからな。

お腹が膨れて大人は落ち着いたみたいだな。子供達は眠くなったのかうつらうつらしている。

「ブラン、ノワール、子供達を客間のベッドに運んであげて」

「「はい。ご主人様」」

「あ、私が」

「いや、メイドに任せてくれ」

「……はい」

ルノーラさんが自分で運ぼうとするが、手を掲げてそれを制した。

ここからは大人の話だ。

正直な話、この家族を助けたのは完全に俺の気まぐれだ。

たまたま俺が気付いて、悪い気配じゃなかったから、まぁ、取り敢えず助けるか、くらいのノリだった。

ゴーストの状態でこの世界に来て、スケルトンやゾンビを経て吸血鬼になった俺は、日本人だった頃と精神のあり様も変化している。

盗賊なんかのクズを葬るのに躊躇はない。

だからと言って、進んで人を殺したいとは思わないがな。

まあ、その辺はセブールやリーファも同じだから、異世界に馴染んだと言えるのかな。

さて、今後の話をしないとな。

俺はボルクスさんとルノーラさんに向き直った。

「ボルクスさん、ルノーラさん。お二人は今後どうしたい？　草原に戻り遊牧して暮らすのなら、草原の安全な場所まで送るし、西方諸国に行くなら途中まで送れると思う。あと、魔王国へ行く選択肢もあるな。今代の魔王は他種族との融和政策をとっているみたいだから、魔族じゃなくても暮らせる筈だ。ああ、今直ぐに決めなくてもいい。じっくり考えて判断すればいいから」

「……ありがとうございます」

「リーファ、二人を客間に案内してあげて」

「はい。ご主人様」

流石に直ぐに結論なんて出せないだろう。家族の人生が懸かっているんだ。

二人には焦らずにじっくりと考えるよう伝え、リーファに客間への案内を頼んだ。

リーファに連れられて退出する二人。

いなくなってから、俺はセブールに話し掛ける。

「さて、二人はどういう結論を出すだろうな」

「どうでしょうな」

「まぁ、乗り掛かった船だ。最後まで面倒は見ようか」

「はい」

セブールも賛成みたいだ。子供や孫がいるからな。思うところがあるんだろう。

袖振り合うも他生の縁、と言うしな。

あの家族が良い方向に進むのを祈ろう。

二十三話　夫婦喧嘩

深淵の森の中とは思えない立派な屋敷。

客間の内装やベッドも見た事もないものだった。

寝心地のよいベッドで、ミルーラとララーナがスヤスヤと眠っている。

その様子を穏やかな表情で見つめるルノーラとは違い、ボルクスは険しい表情だった。

「こんな所は直ぐに出ていくべきだ」

ルノーラが不満の表情を露わにすると、ボルクスが続けた。

「だってそうだろう。深淵の森の中に住むなんて、奴らは普通じゃない」

「ええ、きっと魔族ね」

「だったら」

「でも、私達にとっては救いの神よ」

「何をっ……」

どんな強者でも踏み入らない深淵の森の事は、この大陸に住まう者なら子供でも知っている。

そんな森を切り拓き、屋敷を構えている。尋常じゃないのは明らかだ。

あの暴虐非道な先代魔王でさえ、この森へは立ち入らなかったと聞いている。

ボルクスが警戒するのは正しいのだろう。

ただ、ルノーラの想いも間違ってはいない。

セブールとリーファに助けられなかったら、家族は今頃、あのジャイアントセンチピードのお腹の中だった。

加えて、食事を与えられ、清潔な部屋で柔らかなベッドに寝かせてもらっている。

もしシグムンドと名乗った屋敷の主人に悪意があるなら、こんな回りくどい事はしないだろうし、する必要もないだろう。

ルノーラにも分かる。あのシグムンドという人物の強さは、自分達では測れないという事が。

そんな人物の機嫌を害する態度を取る夫に、ルノーラは信じられない思いだった。

一方で、シグムンドはボルクスの態度を咎める事なく、丁寧に接してくれている。

「お願いだから、シグムンドさんの前で不機嫌な態度を取らないで」

「何故機嫌を取る？　確かに助けてはもらったが、騙されているかもしれないんだぞ」

「信じられない……」

「そうだ。信じられないんだよ」

ルノーラが言う「信じられない」は、助けてもらったのに感謝すらしないボルクスに対してだ。

夫婦間で決定的に認識が食い違う。

「私が信じられないのはあなたの方よ！」

「なにっ⁉」

「何も持っていない私達に、シグムンドさんが何をすると言うの！」

「そんなの分からないじゃないか！」

話し合いは夫婦喧嘩へと発展し、議論は平行線のまま終わった。

◇

広い屋敷だけど聴覚強化を持っている俺――シグムンドには、喧嘩をする二人の声がダダ漏れだった。

「悪い事したかな？」

俺はセブールに尋ねる。

「いえ、これぱかりは仕方ないかと」

「だよな。あの家族を見つけたのも助けたのも、たまたまだしな」

ボルクスの言うように、警戒する気持ちも分からなくはない。

勿論、何かするつもりなんてない。だけど、人の善意を簡単に信じられる世界じゃないんだろうな。

「どういう選択をするかな」

「草原に戻るのも厳しいでしょうね」

「だろうな。俺が援助する事もできるけど、一時的なものだろう」

「ええ、今度は奥方やお子様方が、無事に切り抜ける事ができるかどうか……」

本当、俺には関係ないんだけどね。

でもミルーラちゃんとララーナちゃんの笑顔を見ちゃったからなぁ。

「正直、大人は自己責任だけど、子供が不幸になると分かってるのを見て見ぬ振りするのはやなんだよな」

「私もミルーラちゃんとララーナちゃんを助けたいです」

「魔王国の、多くの種族が住む土地へ送るのは簡単ですが、あの家族が暮らしていけるかどうか」

セブール曰く、彼らが獣人なら魔王国に馴染むのも早いらしいが、エルフや人族はかなり努力が必要なんだとか。

「ボルクスさんもそうなんだろうけど、エルフって自分達の種族に、プライドをかなり持ってるみたいだからな」

「はい。ボルクス殿のように、他種族に距離を置くのが普通ですね」

まあ、自分達の種族にプライドを持つだけならいいんだけど。

「それに、俺を警戒するのは正解だろう。客観的に見て、自分でも怪しいと思うもの」

日本人だった俺なら、吸血鬼を信用する訳ないもんな。

「ですな」

「そうですね」

いや、セブールとリーファも直ぐに肯定しないでよ。

「エルフじゃ、頑張ってもこの森を一人じゃ歩けないからなぁ」

「暫くは受け入れるおつもりですか？」

「ああ、別に来る者拒まずじゃないけどな」

誰でも受け入れる訳じゃないし、出ていくのも止めはしない。

「少なくともミルーラちゃんとララーナちゃんが飢えないようにしたいな」

セブールとリーファも頷く。二人とも優しいな。

同じような境遇の人達を全て庇護(ひご)するなんて無理だが、幸い今の俺は、あの家族くらい保護し続けても負担にはならない。

「ボルクス殿次第ですな」

「だよなぁ。俺を否定してもいいから、家族の安全や生活を優先して欲しいなぁ」

「ルノーラさんと子供達は、ご主人様を受け入れてるんですけどね」

「嫉妬(しっと)もあるのでしょう」

「嫉妬？　俺になんで？」

セブールが、ボルクスさんは俺に嫉妬していると言うが、ピンと来ない。

前世の俺は嫉妬する方だったから。

「おそらく、本能で敵わないと感じたのでしょう。武力であったり、経済力であったり」

「いや武力は兎も角、経済力は……あるな」

こんな広い敷地に建つ屋敷に暮らし、ダンジョンから得た現金や宝石類も結構持っている。

セブールに言わせると、高位の貴族家にも負けない資産らしい。

しかも、魔物素材や魔石が入ったマジックバッグが倉庫に山程ある。

「旦那様は極力魔力を抑えていますが、それでも圧倒的な強者だと魂が認めてしまったのでしょう」

「流石に、人と会うのに気配を消す訳にはいかないからな」

どちらにしても、俺の所為で夫婦が揉めるのはヤダな。子供も、親が喧嘩するのを見たくないだろう。

「ボルクスさんと、一度じっくり話した方がいいかな？」

「いえ、旦那様はやめておいた方がいいかと」

「それとなく、お爺さまがフォローしてあげればいいのでは？」

「そうですね」

「分かった。数日ゆっくりと過ごして、じっくり話し合ってもらうか」

ぶっちゃけ、ボルクスさん一家が森を出ていこうとしても自分達だけじゃ無理だ。

ここから草原まで辿り着く前に、確実に死体になる。

幼い子供のそんな姿は見たくないからな。

俺って意外と子供好きなんだ、と新たな発見をしたよ。

「ここで暮らすなら仕事なんて幾らでもあるしな」

そう、仕事は幾らでもある。

クグノチ、トム、オリバーにジャックの四体で、農作業や大工仕事をしてもらっているが、調味料も色々作りたいし、食品加工の仕事もある。

周りがゴーレムやオートマタだらけになるのもどうかと思うから自重しているが、本音としてはもっと人手が欲しい。

「こればかりは相性もあるからな。兎に角、暫くは様子見だな。セブールとリーファも気に掛けてあげてよ」

「畏まりました」

「はい。お任せください」

ボルクスさんもまだ会って一日も経ってない。

毎日お腹一杯ご飯を食べて、安心して眠れる場所があれば、心にも余裕ができるだろう。

丁度、ボルクスさんとルノーラさんが喧嘩する声が途絶えた。

今日はもう寝る事にしたみたいだ。

明日になれば仲直りしてるといいな。

二十四話　母は強し

翌朝、食堂に行くと、ボルクスさん一家が既に席に着いていた。

「おはよう。良く眠れたかな？」

「おはようございます。お陰様でぐっすり眠れました」

「ベッドがねぇ、フカフカでホワホワなの！」

「やわらかくてきもちよかったのー！」

俺が声を掛けると、ルノーラさんと子供達がベッドの感想を聞かせてくれた。

「それは良かった」

ベッドとソファーには拘ったから嬉しい。

朝食を終えると、俺はボルクスさん達に一つ提案する。

「ボルクスさん達も、今後の事を考える時間が必要だろう。何時までにとは言わないから、ゆっくりと考えればいい。この敷地の中なら安全だから。ただ、分かっていると思うが、敷地の外には出ない方がいい。俺達も直ぐに駆け付ける事ができないかもしれないからな」

「ありがとうございます」

ルノーラさんが頭を下げる。

「…………」

ボルクスさんは無表情で座っているだけだ。

お礼を言う必要はないんだが、一言あってもいいと思うのは俺だけだろうか？

ミルーラちゃんとララーナちゃんは、朝ごはんを食べて元気一杯だ。

屋敷から飛び出して、外で遊んでいる。

ゴーレムのクグノチ達は紹介してあるので、畑の中には入らない事と、トムやオリバー、ジャックの言う事を聞くよう伝えてある。

今からトムが二人を果樹園に連れて行き、桃や林檎を採って食べるそうだ。

食べ過ぎないよう言っておかなきゃダメかな。

ボルクスさんとルノーラさんは、客間に戻って話し合うみたいだ。

「ボルクスさんは、何を望んでいるんだろうな」

「遊牧民に戻るのも難しい。今更西方諸国へも戻れない。魔王国にも行きたくはないでしょう。取れる選択肢がなく八方塞がりなのでしょうな」

セブールの言葉がしっくりくるな。

一家の大黒柱なのに八方塞がりって、屋敷で執事とメイド達に傅かれ、のんびり畑を耕している俺を見たらイラッともするな。

昼からは、俺もオリバーやジャックと農作業に勤しみ、一息つくと、ミルーラちゃんとララーナちゃんがブランとノワールと遊んでいた。

ルノーラさんが近くでニコニコしながら見守っているが、ボルクスさんの姿は見えない。

彼はまだ時間が掛かるみたいだな。


その日の夕食後、ボルクスさん達にお風呂に入ってもらい、俺はリーファの淹れてくれたお茶を飲んでゆっくりしていた。

お風呂の使い方や、トイレの使い方は最初にちゃんと教えてある。

それはもう、随分と驚いていた。

俺は一人掛けのソファーに座り、セブールが手に入れてくれた魔法関連の書物を読んでいる。

睡眠時間は短くても平気、いや、寝なくても平気だから、夜遅くまでこうして読書する事が多い。

俺の近くのソファーでは、リーファが縫い物をしている。

出会ったばかりの頃、セブールとリーファは、俺が眠るまで側で控えるようにずっと立っていたが、流石に元日本人の小市民な俺は、精神的に持たないのでやめてもらった。

とはいえ、リーファがほぼ俺の側にいるのは変わらない。もう慣れたものだ。

スッとリーファが立ち上がり、ドアの方へと歩いて行く。

すると、コンコンとドアを叩く音に続き、ルノーラさんの入室の許可を請う声が聞こえた。

「少しお時間よろしいでしょうか？」

「どうぞ」

ドアを開けたリーファが、ルノーラさんを俺と対面のソファーに促した。

俺は掛けるよう手振りで示す。

「夜分遅くに申し訳ありません」

「いや、気にする事はない」

「お願いします。どうか私達家族を此処に置いてもらえないでしょうか」

ルノーラさんがいきなり本題に入ってきた。

ルノーラさんが選んだのは、此処での暮らしだった。

普通の人にとっては深淵の森の中ってだけでハードルは高いと思うが、それさえ我慢すれば、一番安全で飢えずに生きていける。

問題はもう一つ。

「俺達は構わないし歓迎しよう。だが自分で言うのも何だが、俺はバケモノだぞ？」

「バケモノですか？」

「ああ、特殊なバンパイアロードだ」

エレボロスと言っても新種だろうから通じない。分かりやすいよう、バンパイアロードと言ってみた。

案の定、ルノーラさんが顔を青くする。

「……私達の血を飲むのですか？　ですが、シグムンド様は日中農作業をしていました」

「いや、特殊なバンパイアロードと言っただろ。俺は普段血を飲まない。飲めと言われれば飲むが、普通に料理を食べる方が美味しいからな。それと俺は、吸血鬼の弱点と言われる日の光や銀の武器、光属性の魔法が効かない。それどころか光魔法は俺もよく使う」

ルノーラさんが困惑しているのが分かる。

霧になったり、狼や大蝙蝠にならなければ、吸血鬼だと分からないからな。

「では、シグムンド様が私達を食料とする事はないのですね」

「俺は人を食料になんてしないぞ。それと、これからは『様』を付けないでくれ。そんなに偉い人間じゃないからな」

するとリーファが口を挟む。

「ご主人様。魔族以外からすれば、吸血鬼のイメージは人の血を啜るバケモノですよ」

「そうなの？　まぁ、これは信じてもらうしかないけど、血を欲しがったり眷属にしたりしないから、安心してくれ」

確かに、映画なんかに出てくる吸血鬼はそんなだった。この世界の人のイメージも同じか。

「私も保証しますよ。ご主人様は何も強要しません。私は元魔王国の人間で、今ではご主人様の眷属にして頂きましたが、私とお爺さまが自ら望んでの事です」

「…………」

情報量が多過ぎたかな。ルノーラさんは考え込んでしまった。

「此処を追い出したりはしない。ゆっくりと決めればいい。その結果、此処で暮らす事を選ぶのなら歓迎しよう」

「そうですね。私もミルーラちゃんやララーナちゃんがいて、賑やかになって嬉しいですし、此処が草原や西方諸国よりも安全なのは保証しますよ」

「そうだな。もう一つだけ」

俺がそう言うと、ルノーラさんの顔が強張った。何を言われるのかと、緊張しているのだろうな。

「此処では、ミルーラちゃんやララーナちゃんと同世代の友達がいない。それは諦めてもらうしかないな」

するとと、ルノーラさんの緊張が解けた。

「今までも、同世代の友達なんて望める状況ではありませんでしたから、大丈夫です。私と子供達は此処でお世話になる気持ちに変わりはありませんが、もう一度、夫とじっくりと話してみます」

「そうした方がいい。安全に子育てするって意味では、此処以上に安全な場所はないしな」

「西方諸国が連合で攻めようとも、魔王国が攻めて来ようとも平気だと思いますよ」

いや、それは言い過ぎだと思うよ、リーファ。

盗賊や遊牧民にも負けないと思うが、国と喧嘩は無理だろう。

待って。ほらルノーラさんが頷いてるし、信じちゃったじゃないか。

「ありがとうございます。ゆっくり納得いくまで話し合ってみます」

「ああ。エルフは長寿なんだろう？　時間は沢山ある」

ルノーラさんの表情が、少し柔らかくなった気がする。気のせいじゃないだろうな。

此処を追い出されるかもしれないと、気持ちに余裕がなかったのかな。

それが解消されホッとして、表情も柔らかくなったんだと思う。

ルノーラさんが部屋に戻ると、リーファと顔を見合わせ笑った。

「ルノーラさんは、ボルクスさんと決別してでも子供達を護る気だったようですね」

「ああ、あの顔、子供のためなら自分は俺に血を吸われてもいいとさえ言い出しそうだったな」

部屋に来た当初のルノーラさんの表情には、子供達を護りたい決意が表れていた。

「母親は強いですね」

「ああ、母は偉大だな」

無償の愛という意味では、父親よりも母親なんだろうな。

「ボルクスさんも、上手く落としどころを見つけてくれればいいんだけどな」

「そうですね。きっと大丈夫ですよ」

「だといいな」

両親が揃ってるに越した事はないからな。夫婦の話し合いが上手くいく事を切に願うよ。

二十五話　住民が増えました

ルノーラさんと話した夜から一ヶ月が経った。

気温は上がり、ミルーラちゃんとララーナちゃんは、半袖短パンで駆け回っている。

思えば、此処に来た当時のミルーラちゃんとララーナちゃんは、粗末なワンピース一枚だったから、さぞ肌寒かった事だろう。

もっと早く服を用意してあげればよかった。

俺は元気に遊ぶ二人を眺めながら、頭に麦わら帽子、首にタオルを巻いて鍬を入れる。

勿論、俺は暑さや寒さに耐性があるので、この格好は農作業してますよのポーズだ。

俺は、物事は形から入るタイプの人間なんだ。

セブールとリーファは不思議そうにしていたが、最近は指摘もしなくなった。

そしてクグノチ、トム、オリバー、ジャックのウッドゴーレム達が、俺と同じ麦わら帽子に首からタオルスタイルにするもんだから、ルノーラさんなんかは、これが此処での農作業スタイルだと勘違いしている。

そんなルノーラさんや子供達も、今は麦わら帽子を被っていた。

日差しがきつくなってきたからな。エルフに日焼けは似合わない。

畑を耕す俺にリーファが呼ぶ。

「ご主人様ー！　冷たいお茶が入りましたー！　休憩に致しましょーう！」

「了解。ルノーラさんも休憩にしましょう」

「はい！」

同じように畑仕事をしていたルノーラさんに声を掛け、一休みするため屋敷の庭へと向かう。

「わぁーい！　オヤツだぁー！」

「ララ、あまいのすきぃー！」

泥だらけになって遊んでいた、ミルーラちゃんとララーナちゃんも駆け寄って来る。

「はいはい。泥だらけじゃオヤツは食べられないぞ。はい、そこでストップ」

「「はい！」」

ピタリと止まった二人に、俺は浄化の魔法を掛けた。

ついでに、俺とルノーラさんにも浄化魔法を掛け、汚れを落とす。

「はい、もういいよ」

「「わぁーい！」」

ＯＫを出すと、二人はブランとノワールの元に駆け出した。

「もう慣れましたけど、希少な光属性の浄化魔法をこんな使い方するなんて……」

「これ以上キレイになる便利な魔法はないからな」

ルノーラさんは最近やっと慣れてきたが、最初の頃は汚れを落とすためだけに浄化魔法を使う俺を、信じられないといった目で見ていた。

ルノーラさんが此処で暮らし始めて最初に感じたのは、全てがとにかく清潔な事らしい。

綺麗なトイレも初体験だった。まあ屋敷のトイレは最先端で、常に浄化された状態を保っているからな。

遊牧民生活では、せいぜい川で水浴びするのが精一杯。それも危険と隣り合わせなので、落ち着いて体を洗うどころじゃない。

洗濯も頻繁にできないので、汚れた服を何日も着るのが当たり前だったらしい。

此処で暮らすようになると、毎日のようにお風呂に入れて、水も幾らでも使って構わない。お風呂では良い匂いの石鹸が自由に使えるし、シャンプーやリンスも導入した。

洗濯はブランとノワールがしてくれるが、ルノーラさんは自分で家族の服を洗っているようだ。

でも実は、そもそも洗濯は必要ないんだけどな。

ルノーラさん達に与えた服や下着類は、俺とリーファ、ブランとノワールで用意した。当然、防汚の付与魔法が掛かっている。

ボルクス一家を保護した時、思わず浄化魔法を掛けたのがいい思い出だ。

その辺の山賊や盗賊と変わらないくらい汚れたエルフの姿は許しがたい。主に俺の勝手な思い込みだけど。

それに屋敷の中には虫すらも入って来ない。こんな快適な生活を一度味わうと抜け出せなくなるとルノーラさんに抗議された。

もう分かると思うが、ルノーラさんとミルーラちゃん、ララーナちゃんの三人はここで暮らす事を選んだ。

ボルクスさんの姿はない。

ここで暮らすとなると、俺から仕事を与えられて生活する事になるが、ボルクスさんは俺に雇われるのを嫌がった。

ルノーラさんと何度も長い時間話し合っていたが、ボルクスさんの気持ちは変わらなかった。

ボルクスさん自身も、ここの生活が快適で、森へ入らなければ草原以上に安全なのは理解している。ただ、やはりエルフという誇りがネックになってしまった。

一方、ルノーラさんも一歩も引かなかった。

子供の事を考えれば、何が一番大切か考えるまでもないと、ボルクスさんを説得し続けた。

結果、とうとうボルクスさんは、出稼ぎに行って一旗あげたら家族を迎えに来る、と言い出した。

俺としては、家族は離れる事なく一緒に暮らす方がいいと、何度も言ったんだけどなぁ。

流石に彼を一人で放り出せる程、俺も鬼畜じゃない。

インナーと服の上下を何着か用意した。糸はリーファとセブールの糸を布に加工した物なので、そのままでも丈夫だし普通の矢や剣なら防げるだろう。

俺が本気で強化しているから、下手な鎧どころじゃない防御力がある。

それから、前に狩ったタイラントアシュラベアの皮があったので、それで革鎧を造った。

もともと物理耐性と魔法耐性を持つタイラントアシュラベアの皮なので、性能は間違いない。勿論、これもガチガチに付与魔法で強化してある。

ブーツやグローブに外套を造り、武器は弓と細身の剣を用意した。

これだけあれば、盗賊に襲われても大丈夫だろう。

流石に装備の能力が分かったのか、ボルクスさんは深々と頭を下げて、お礼を言ってくれた。

一つだけ約束してもらった。

成功してもしてなくても、定期的にルノーラさんと娘二人の顔を見に帰って来る事。

エルフって長寿種族だからか、時間の感覚がおかしいんだよな。

不老の俺もそうなるのか分からないけど、ミルーラちゃんとララーナちゃんが成長する姿を見ないなんて寂し過ぎる。

エルフが長寿だと言っても、十五歳くらいまでは、他の種族と成長速度は変わらないらしい。

西方諸国の中でも多種族が暮らす国を目指すとの事で、草原を抜ける場所まではアスラに送ってもらった。

巨大なグレートタイラントアシュラベアのアスラに乗り走り去るボルクスを、ミルーラちゃんとララーナちゃんが羨ましそうに見てたのを思い出す。

お父さんと暫くお別れなのに、湿っぽさのカケラもなかったのが印象的だったな。

アスラもグレートタイラントアシュラベアに進化してから、深淵の森と草原の入り口付近を縄張りにしてレベルアップしているので、そこそこ強くなっている。


「うわぁ、おいしいー！」

「わたしも！　わたしもそれたべたい！」

ブランとノワールが切り分けたフルーツを食べて、はしゃぐミルーラちゃんとララーナちゃんは、今日も元気だ。

ミルーラちゃんは六歳、ララーナちゃんは四歳らしい。

二人には文字と、簡単な計算などの勉強も教えている。

セブールが言うには、貴族の子息かその家臣、商人以外では文字も読めない者が大半らしい。

二人はエルフだから、長い人生の中で沢山の知識を吸収していくんだろうけど、小さなうちから始めるに越した事はない。

まあ、まだ遊び感覚で始めた段階だけど、将来必ず二人のためになるからな。

何はともあれ、この地に住民が増えた。

セブールとリーファ以来の、普通の人間枠だ。エルフだけど。

これまでは、ゴーレムとオートマタの方が多かったからな。

それに、子供の笑い声や泣き声って煩く感じないもんなんだな。

何時ボルクスさんが戻って来て、家族と旅立つかは分からないが、それまでこの賑やかな生活を楽しみたい。

二十六話　使い魔が見ている

魔王国宰相デモリスは、先代魔王を執事として裏から支えた、セブールの失踪について調べていた。

文官を纏めるアバドンも、先代の頃、事あるごとに先代魔王に諫言し、国の運営が滞らないよう動いていたセブールの影響力は大きいと思っている。

デモリスとアバドンは魔王国内をくまなく調べた。

南方の人間の諸国の中で、比較的関係改善の進んでいる国も調べたのだが、セブールの足跡は見つけられなかった。

そこで原点に戻り、深淵の森周辺を探索する事にした。

深淵の森は、そう簡単に探索できる場所ではない。

ただ、そこは魔法に造詣（ぞうけい）が深い魔族だ。方法は幾つかある。

使い魔、眷属、従魔、色々と呼び名はあるが、魔物を使役するのに違いはない。

アバドンは自身の持つ探索に特化した使い魔を、深淵の森へと向かわせた。

気配を消し、空を飛ぶ小鳥サイズの使い魔が、深淵の森に辿り着く。

強力な魔物が跋扈する森の中で、小さな小鳥サイズの使い魔は狙われる対象にはならない。

そして、使い魔と契約している術者には特殊な魔法が存在する。視覚と聴覚を同調する事ができるのだ。

セブールが住家にしていた、深淵の森の北側から探索を始める。

アバドンは共有する視覚から森の様子を探る。

やがて、千二百メートル×千メートルの拓かれた敷地が唐突に現れた。

アバドンは驚きで目を見開く。

精強な魔王国の軍でさえ、淵の森のこの位置までは踏み入れない。

命を捨てろと言ってるも同然だからだ。

「なっ、何なんだ、これはっ……」

広がる畑に立派な水路、屋敷のような建物と幾つもの倉庫。

北には果樹の樹々が多くの実りを見せている。

「あ、あれはゴーレムなのか？」

農作業に勤しむ、クグノチをはじめとするウッドゴーレム達。ただ、その動きの滑らかさと複雑な作業を熟す器用さは、とてもゴーレムとは思えない。

ゴーレムとは、簡単な命令を与えて単純作業を行うのが精一杯というのが、少なくとも魔王国での常識だった。

エルフに並び魔法に造詣の深い魔族がそうなのだから、今アバドンが見ている光景が、世間の常識と掛け離れているのは間違いない。

使い魔の視界を通して、またもや理解不能なものを見つける。

「エルフの子供が何故……」

二人の幼いエルフの子供が、駆け回って楽しそうに遊んでいる。

それだけ見れば、何でもない平和な光景なのだろうが、ここは深淵の森なのだ。

最早呆然として頭が働かないアバドンは、とうとう使い魔の視界を通して、捜していた人物を見つけた。

「セブール殿！　セブール殿が何故……」

セブールがこの地に住家を移したと考えれば辻褄が合う、とアバドンは思い込もうとするが、どう考えても無理がある。

セブールは先代魔王に仕えた執事で、年齢的に多少衰えたとはいえ、深淵の森の北側に住家を構えるだけの実力はある。

だが、セブールといえども、この場所に屋敷や畑を設けるのは不可能だ。

気配を消して通り過ぎるのとは話が違うのだ。

木を切り倒し土地を拓くなど、深淵の森の魔物が放っておく理由がない。

次の瞬間、セブールの鋭い視線が突き刺さる。

「はっ！」

使い魔が逃げるように飛び立つ。

予め使い魔には、危機を感じたら逃げるよう指令を出してあった。

しかし、アバドンは違和感が拭えない。

内政官のアバドンは、セブールとも付き合いは長い。

先代魔王の無茶で傾く魔王国を必死に支えた仲間意識もある。

それが今はどうだ。使い魔越しの視線でさえ、アバドンが冷や汗を流す程の殺気だった。

アバドンは直ぐに宰相のデモリスに報告し、魔王のもとへ向かった。

ヴァンダードはデモリスとアバドンの二人から面会を求められ、セブールの居場所が見つかったのだと察し、急遽二人と武官筆頭のイグリスを呼び出した。

四人が揃うと直ぐに、ヴァンダードが急かすようにデモリスに聞く。

「それでセブールは見つかったのか！」

「……アバドン殿」

「……では、私の方から」

セブールが見つかった報告にしては重苦しい雰囲気のデモリスとアバドンに、ヴァンダードはおやっと首を傾げる。

「結論から言いますと、セブール殿を発見する事はできました」

「おお！」

「ただ、深淵の森の北側ではなく、中央部に近い位置でですが……」

「なっ!?　そ、それでセブールは無事なのか？」

深淵の森の中央と聞いただけで、ヴァンダードは死体となったセブールの姿を連想してしまう。

「セブール殿はお元気だと思います」

「何だ。驚かせるでない」

ヴァンダードはホッと胸を撫で下ろすが、アバドンの言い回しに引っかかる。

それをヴァンダードの様子から察したのか、アバドンが報告を続ける。

「セブール殿は切り拓かれた広い土地の、屋敷と畑のある場所におられました」

「森を切り拓くだと！　アバドン、目でも悪くなったのか？」

イグリスが信じられないとアバドンに言うが、アバドンの真剣な表情に嘘はついていないと理解すると、驚愕に目を見開く。

武官のトップであるイグリスだけに、それが不可能な事だと知っているのだ。

「イグリス、私が陛下に嘘を言うとでも？」

アバドンが怒りを抑えてイグリスに問う。

文官の長であるアバドンだが、怒らせると怖い事を付き合いの長いイグリスは知っていた。

「い、いや、すまん」

慌てて直ぐに謝る。それに、アバドンがつまらない嘘をつく男ではない事は、イグリスもよく分かっていた。

そして改めてアバドンの報告を頭の中で消化すると、これは魔王国にとって好機だと考え直す。

「……では陛下、これは好機ではないですか？」

「深淵の森で採れる薬草類か」

薬草類は例外なく、魔力の濃い土地で生育する。

それ故に薬草採取には魔物と戦える力が必要だった。

回復魔法はどの種族でも使える者が少なく、その割合に種族間の差はないとされている。

そうなると薬草類から作られるポーションが重要になってくる。

「確かに深淵の森で採取された薬草類からなら、優れたポーションが作れるでしょうな」

「西方諸国とは停戦から終戦の流れだが、聖国は相変わらず。効果の高いポーション類の需要はありますね」

デモリスとアバドンも同意した。効果の高いポーション類は、国として多くストックしておきたいのだ。

セブールが深淵の森を切り拓いているのなら、そこを駐屯地にすれば、薬草採取も安全に行える。

「うむ、その場所を接収すれば、魔王国への利益も大きいな」

ヴァンダードも、深淵の森に軍の駐屯地を作る意味は理解している。

効果の高い薬草類の件だけでなく、魔王国から離れた土地を占有する意味は大きい。

そう考えたヴァンダードが、調査隊の派遣を行うべく指示を出そうと口を開きかけた瞬間、四人しかいないはずの部屋に、第三者の声が響く。

「そこまでにして頂きたい」

「!?　だ、誰だ！」

そこには、皆がよく知る男がいつの間にか立っていた。

◇

時間を少し遡る。

敷地の中に小さな異物が侵入したのは、直ぐにシグムンドやセブールに察知されていた。

ただ、シグムンドの結界を抜けるのは害意のない存在なので、直ぐに対応するよりも、観察する事を選んだのだ。

「害のない小さな魔物か……不自然だな」

「……おそらく誰かの使い魔でしょう」

シグムンドの覚えた違和感はもっともだ。

この森で暮らし始めてから、このレベルの弱い魔物を察知したのは初めてだった。

シグムンドの感想に、セブールは何か知っている様子だ。

「僅かですが、私の知る者の魔力を感じました。私が住家を引き払ったので、その捜索かもしれません。私もそこそこ、魔王国では知られた存在でしたので、よく相談に乗ってましたから」

「なら放置でいいか。確かに、先代魔王の執事がいきなりいなくなったら捜すよな」

「何も告知せずいなくなった私の落ち度でございます。少しお時間を頂いてもよろしいでしょうか？」

「ああ、基本、俺は干渉して来ないなら放置だからな。セブールの好きにしていいよ」

「では、少しお暇致します。直ぐに戻れると思います」

そう言ってセブールはその場から消えた。

◇

いつの間にか部屋に侵入して来たのは、捜していた人物、セブールだった。

「セブール殿、陛下の招きもなく不敬ですぞ！」

「待てデモリス、今はいい。セブール、久しいな」

セブールを責めるデモリスを、ヴァンダードが止めた。

「お久しぶりです、陛下」

「うむ。セブールに頼み事もあったので丁度いい」

「頼み事でございますか？」

ヴァンダードに代わり、デモリスが話し始める。

「そうだ、セブール殿。貴殿が現在暮らしている深淵の森の拓かれた土地を、我が魔王国が譲り受けたい。勿論、十分な対価も支払おう」

「どうだ、セブール」

「お断り致します」

デモリスの要請にヴァンダードもどうかと聞くが、セブールは考える間もなく拒否した。

「「なっ⁉」」

まさか、拒否されるとは思わなかったアバドンとイグリスも唖然とする。

「セブール殿、陛下の命に従わぬと言うのですかな」

「私は既に魔王国の国民ではありません。陛下の命令に従う必要も感じません」

怒りを抑えたデモリスが威圧するように言うが、セブールには通用しない。

「何だとぉ！」

イグリスが激怒して動こうとするが、その体が動く事はなかった。

セブールが魔力を解放して四人を威圧する。

「こ、これはっ」

突然強烈なプレッシャーに晒されて、四人はその場に立つ事もできず四つん這いに蹲った。

先代亡き後、魔王国一の実力を誇るヴァンダードが、セブールを直視できない。

急にセブールからのプレッシャーが消え、四人は脂汗を掻き息を荒らげた。

「先ず、申し上げておきますが、あの場所は我が主人であるお方のものです。魔王国であろうと西方諸国連合であろうと、何人たりとも取り上げる事はできません。それに私如きでこの有様では、あのお方の前では塵芥と変わりませんよ」

威圧はなくなったが、四人が束になっても一蹴される程、力の差があるという事実に、ヴァンダードをはじめ四人は信じられない思いで目を見開く。

「セ、セブールが父上以外に仕える主人だと……」

「悪い事は申しません。知り合いのよしみで忠告致します。我が主人の安寧を乱すのはおやめになった方がいいと思います。魔王国全土を更地にしたくないならば、賢明な判断を選択する事を望みます」

セブールはそれだけ言うと、霧のようにその場から消えた。

二十七話　貧乏くじを引かされる者

沈黙が部屋を支配する。

つい先程の事が夢ならと思うものの、みっともなくヘタリ込む魔王国のトップ四人の姿が、それが現実だった事を示している。

「……セブールはあれ程強かったのか？　父上以上ではないか」

「いえ陛下、セブール殿に先代様よりも力があるならば、先代様の暴挙を力尽くでも止められた筈です」

デモリスが、力を得たのは最近の事だろうと答えた。

「クッ、陛下！　あのような不敬を許していいのですか！　直ぐに討伐軍を派遣するべきです！」

武官の長という立場にもかかわらず、無様な姿を晒した羞恥から、イグリスは激昂した。

「なら、イグリスが兵を率いて行けばいい」

冷めた表情でアバドンが言う。

「うっ……」

イグリスは言葉を詰まらせた。

行ける訳がない。深淵の森を行軍するなど、自ら魔物の餌になりに行くようなものだ。

しかも、セブールに圧倒的な敗北感を与えられたのだ。セブールが仕える主人の実力はどれ程のものか、想像もつかない。

「だっ、だが、このままでは魔王国の威信に関わる！　それに深淵の森に駐屯地を得る利は、アバドンも賛成したではないか！」

「それはセブール殿が、適切な対価で譲ってくれた場合の話だ。そもそもあの地はセブール殿のものではなく、主人のものなのだ。前提が違う」

アバドンは直ぐに冷静になり、現状を把握していた。

「……敵対した訳ではないという事か」

「今のところは、でしょうな」

デモリスも落ち着きを取り戻した。流石は魔王国の宰相を務めるだけはある。

それにデモリスが言うように、セブールは宣戦布告をした訳でもない。主人の安寧を乱すな、と釘を刺したのだ。

その中で、ヴァンダードはセブールの強さの理由を考えていた。

「まさか、進化したのか？」

ヴァンダードが導き出した答えは、進化だった。

「それだけではなさそうですが、進化は確実でしょうな」

デモリスもただの進化ではないと思いながらも、ヴァンダードの意見に同意した。

「デモリス殿、進化とは何ですかな？」

「イグリス、そんな事も知らんのか」

耳慣れない言葉について、イグリスが聞くと、アバドンが呆れたように言う。

「進化とはレベル上限にまで至った者が、更なる種の高みへと昇る事だ」

「そんな事、初めて聞くぞ」

「確か人族やエルフ、ドワーフや獣人も限界レベルは同じだった筈だ。それに魔物が進化するのはお前も知っているだろう？」

「ああ勿論だ。それで、限界とは？」

イグリスも武官の長だ。戦いの中に身を置いているだけあり、そのレベルは魔王国の中でもトップクラスだった。それだけに自分の限界レベルが知りたくなった。

「種族は違えど、限界レベルは100だと言われている。まあ、そのレベルにまで至り、進化を果たした記録は古文書に残るだけだがな」

「100だと……」

イグリスが呆然とする。

それも仕方ないだろう。イグリスの現在のレベルは50に届いていない。この中で一番高いヴァンダードでさえ60台前半なのだ。

「先代のバール様が90手前だったが、それも数百年戦い続けてのレベルだ。レベルは高くなればなる程、上がらなくなるのはお前も知っているだろう」

「なら、セブール殿は……」

「主人という存在が、我らの想像の埒外なのであろうな」

「その主人があの地を拓いたと言うなら、セブール殿をレベルアップさせる事も容易いだろう」

「……」

アバドンとデモリスに説明され、やっと進化したセブールを怖れ始めたイグリス。その顔色は青白くなっている。

「自らの領域から出て来る事のない古龍よりも、ある意味脅威という事か……」

ヴァンダードがポツリと呟くが、デモリスが否定する。

「陛下、セブール殿も言っていたように、彼の仕える存在が望むのは安寧なのです。それを邪魔しない限り、我らの敵とはならないでしょう」

「であるか」

ヴァンダードは、魔王としての力不足を実感した。

だからといって、深淵の森でレベルアップを狙うなど、命が幾つあっても足りないだろう。

そこでアバドンが発言する。

「陛下、こう考えればどうでしょう。もともと深淵の森は、足を踏み入れるべき場所ではありません。なら、何も変わらないではないですか」

「そうですぞ、陛下。セブール殿に魔王国の運営を手助け頂けないのは残念ですが、それも今まで通りです」

デモリスもアバドンの意見に同意する。

「そうか……それもそうであるな」

「それに、他国にセブール殿やその主人が味方する事はないでしょうし。いや、聖国ならチョッカイをかけて、手痛い大怪我をしそうですな」

「ああ、聖国ならあり得るな」

デモリスが聖国を話題にすると、ヴァンダードもクスリと笑って同意する。

皮肉な事だが、魔王国を目の仇にする聖国の話題で、部屋の重苦しい空気が軽くなった。

ジーラッド聖国は魔王国にとって迷惑な国だが、役に立つ事もあるものだと笑った。

現状、動きようもないという事でその場は解散となり、ヴァンダードを除く三人が王城の廊下を歩く。

王城に割り当てられた自分の仕事部屋に戻りながら、イグリスがアバドンに話しかけた。

「なあ、本当に放置でいいのか？」

「イグリスの心配も分からんでもないが、現状放置が一番無難だろうな」

そこでデモリスがポンと手を叩く。

「そうじゃ。セブール殿の息子が王城勤めではなかったか？」

「おおっ、ルードは私の部下ですね」

「俺のところには、ルードの嫁のラギアがいるぞ」

デモリスの問いに、アバドンが息子は自分の部下だと言うと、イグリスもその妻は武官として働いていると言う。

イグリス、デモリス、アバドンは立ち止まり、顔を見合わせる。

「いけるんじゃないか？」

「息子じゃしのう」

「確かセブール殿は孫娘と一緒だったかと……」

「「「家族が会うのは自然な事だな」」」

こうして本人不在で、深淵の森への遠征が決められた。

いや、これは子供が父親を訪ねるだけだと、魔王国の重鎮達が屁理屈を押し通しただけだ。

セブールの息子ルードは、父との反りが合わず、結婚してからは実家に帰る事は少なかった。

先代魔王の崩御後、セブールが深淵の森の北側に隠居してからは、訪ねる事はなくなった。

ルードは根っからの文官肌で、戦闘は得意ではない。

セブールは文官も最低限の戦闘力は必要だと、ルードが子供の頃から鍛えていたのだが、どうにもルードには合わなかったようだ。

そんな事もあり、ルードは父のセブールを苦手としていた。

妻のラギアは、夫とは逆に、武官の百人隊長を務める武闘派だった。

娘のリーファは、母のラギアと祖父のセブールから鍛えられ、祖父と一緒に深淵の森の北側で暮らせる強さを手にしていた。

ラギアなら深淵の森の西の山脈沿いを下り、中央付近から魔物を避けて、現地に辿り着ける可能性もある。

軍での侵入は無理だろうが、一人や二人なら魔物から隠れながら、戦闘を回避して行けるんじゃないかと、無責任にも三人の意見は一致した。

「では早速、ルードを呼びましょう」

「なら俺は、ラギアを連れて行くわ。話は一度で済む方がいいだろ？」

アバドンが早速ルードに任務を伝えると言うと、イグリスが応じた。

「ふむ。一応儂（わし）も同席しようかの」

「助かります、デモリス様」

デモリスも、これが正式な命令だと証明するために参加する事になった。


そうして、アバドンの執務室にルードとラギアが呼ばれた。

「!?」

部屋に入ると、上司のアバドンだけでなく、武官のトップであるイグリスと宰相のデモリス、そして何より、妻のラギアの姿がある事に驚くルード。

いったい何があったのかと戦々恐々とする。

「まあ掛けたまえ」

「はっ、はぁ」

ルードがラギアの横に座ると、アバドンが用件を話し始める。

「来てもらったのは、一つ君達に任務を頼みたいからだ」

「任務ですか？」

ルードが不思議そうに聞く。

ここには武官のトップと部下である妻に、宰相まで同席している。普段の仕事ならアバドンだけで事足りるのだから。

「ああ、君の父上、セブール殿の様子を見て来て欲しい」

父親であるセブールの名を聞いた途端、ルードは僅かに顔を顰める。

ほんの僅かな変化なので、気付いたのは妻のラギアだけだった。

「ところで君は、セブール殿が住家を引き払って、別の場所に住んでいるのを知っているか？」

「えっ、父は何処に引っ越したのですか？　リーファは、リーファは何処に！」

「あなた、落ち着いて！」

やはり北側の住家を引き払った事は知らなかったようで、ルードは面白い程狼狽え、それをラギアが落ち着かせた。

父のセブールが心配なのではない。娘のリーファが心配なのだ。

ルードがセブールと反りが合わなくなり疎遠になると、娘は自分より祖父のセブールの味方をした。その時のショックは今でも思い出す。

「ふむ、やはり連絡はなかったか。君の娘も一緒だから、手紙の一つでもと思ったが……」

「そ、それでリーファは何処に？」

ルードが椅子から腰を上げそうになるのを、ラギアが押さえる。

「落ち着けルード君。セブール殿もリーファ嬢も、無事だと思う」

「どうしてそこは『思う』なんですか！」

「あなた！」

アバドンに掴みかからんばかりのルードをラギアが拘束した。

それを特段気にする事なく、アバドンが手描きの地図を取り出し、広げる。

「今、セブール殿とリーファ嬢はここに居を構えている」

「なっあっ!!　深淵の森の中央部に近いじゃないですか！」

「いや、だいぶ西側だと思うが」

錯乱気味のルードに、冷静に対応するアバドン。

そこでラギアがアバドンに詳しい情報を聞こうとする。

「それでアバドン様、ここはどういった場所なのですか？」

「あなた、イグリスの部下にしておくには惜しいですね。まぁ、それが一番の問題なのです」

「おい！　俺の悪口言ってないか？」

イグリスが横から文句を言うが、アバドンは気にせず話を進める。

「どうやらセブール殿とリーファ嬢は、この地を拓いた存在に仕えているようです」

「リーファもですか？」

ラギアの問いに頷くアバドン。確かめた訳でも、セブールから聞いた訳でもないが、まず間違いないだろうと確信していた。

「その存在の調査ですね」

「そうです。頼めますか？」

「これは俺とアバドン、デモリス様からの共同の依頼となる。場所が場所だけに断っても構わないが、できれば引き受けてくれると嬉しい」

アバドンとイグリスがラギアに頼む。

ラギアはチラッとルードに目を向け、そして正面を見て頷いた。

「お引き受け致します」

「おっ、おい！　わ、私も、引き受けます！」

ラギアに引っ張られるように、ルードも覚悟を決めた。


二人が出ていった部屋では、残った三人がセブールの主人について話していた。

「気付いたか、セブール殿の去り際」

「霧となって消えましたね」

デモリスとアバドンは、セブールが霧となって消えた事で、セブールが吸血鬼となったのではないかと推測した。

「おいおい、セブール殿の主人はバンパイアなのか？　いや、バンパイア如きがセブール殿の主人じゃおかしいだろう」

ただイグリスの言うように、バンパイアが死に難いのは確かだが、日の光や銀など弱点も多く、魔族の中でもそれ程強い種族ではない。

「イグリス、それは下位吸血鬼の話だ。貴種吸血鬼は圧倒的な魔力と身体能力、それに不死性を持つバケモノだ」

「そんなの聞いた事ないぞ」

「ああ、貴種吸血鬼ともなると、古文書に書かれているクラスだからな」

「何だよ。なら話しても意味がないじゃないか」

イグリスがバカバカしいという仕草をするが、アバドンとデモリスの表情は真剣なままだ。

アバドンとデモリスは、セブールが日中にもかかわらず、何の制約も受けずに活動していた事を知っている。

デイウォーカー。日の光を克服した吸血鬼は、もうお伽話の中の存在。

「不死王……」

小さな声でアバドンが呟いた言葉は、直ぐ隣のデモリスには聞こえた。

無限の魔力とドラゴン並みの身体能力、馬鹿げた再生能力を持つ絶対者。

唯一の弱点として、聖剣や光属性の魔法がある。

ただ、アバドンは確信が持てない。

何故なら、不死王の眷属となったなら、日の光を弱点とするからだ。

不死王の眷属だからといって、同じように弱点がなくなる訳ではない筈だった。

それなのにセブールは、日中堂々と魔王城へ来てみせた。

アバドンは、自分の背中が汗でグッショリと濡れている事に気付いた。

二十八話　初めての来客

セブールはちょっとだけ外出して、俺――シグムンドの屋敷に戻って来た。

あの使い魔は、やっぱりセブールの知り合いのものだったみたいだ。

セブールを訪ねたら、住家がもぬけの殻なんだから、そりゃ心配にもなるか。

何と言っても、セブールは先代魔王の執事を務めた存在だからな。

相談役みたいな立ち位置だったようだし、リーファの両親も心配しただろう。

悪い事したな。


そんな事があって、森も初夏を迎えた頃、今度はこの地を目指す者の気配を捉えた。

この魔力は……

「セブール、息子さんかな？」

「……おそらく、私の息子のルードと嫁のラギアでしょう」

魔力がセブールに似ているのと、リーファにも似てるので、多分そうじゃないかと思った。

「迎えに行った方がいいんじゃないかな。あそこからだと危ないと思うぞ」

「ご主人様、私が迎えに行って参ります」

俺が迎えに行った方がいいと言うと、リーファがその役目を買って出た。

「そう。なら早く行った方がいい。とてもこの森を歩ける感じじゃなさそうだ」

「嫁のラギアはまだマシなのですが、息子のルードはどうにも……」

感じる気配は二人。一人がセブールの息子のルードさんで、もう一人がお嫁さんでリーファの母親のラギアさんか。

セブールやリーファが、そこそこ戦える人間だったから、ちょっと基準を間違ってたな。

「用件は何だろうな。セブールやリーファに会うためだけに来たのか？」

「申し訳ございません。おそらく魔王国がこの場所を警戒しているのだと思います。警戒するだけ無駄ですが」

「まあ、敵対しないなら、放置の方針は変わらないからいいんだけどな」

一応、誰にも文句を言う権利のない場所を開拓しているんだからな。

ただ、今まで踏み入るのも無理だった場所に、村程の面積を開拓されると、欲が出るのは仕方ないか。

その辺りはセブールが前回釘を刺したらしいから、今回は親子の再会に託（かこつ）けた、俺の情報収集なんだろう。

「これって、俺を見に来たんだよな」

「申し訳ございません」

「いや、セブールやリーファに世話になってるのは事実だから、挨拶くらいは幾らでもするし、手土産を持って帰ってもらうくらいの事は喜んでするよ。別に魔王国が喧嘩をふっかけてきている訳じゃないしな」

現実問題、この森に大軍を寄越すなんて無理だろうし、少数精鋭の部隊を送り込んだとしても、ここまで何人辿り着けるか……

「一応、ミルーラちゃんとララーナちゃん、ルノーラさんは屋敷の中にいてもらおうか。何もないと思うけどな」

「いえ、人質にされる事を防ぐためにも、そうすべきと思います。では早速、屋敷の中でオヤツの時間にしてもらいましょう。ブランとノワールを護衛に付けるようにしておきます」

「頼むよ」

セブールが洗練された一礼の後、ルノーラさん達を呼びに行った。

俺はそこまで心配していないが、セブールの方が、自分の息子と嫁相手でも徹底しているな。

「おにいちゃん！　オヤツどこー！」

「オヤツ！　オヤツ！」

賑やかな足音と共に、ミルーラちゃんとララーナちゃんが駆け込んでくる。

「手は洗ったか〜？　浄化」

「「きゃあーーっ！」」

俺が二人に浄化を掛けると、喜んで俺にダイブして来る。

俺が二人を抱き上げていると、ルノーラさんが入って来た。

「もう、オヤツの前に手を洗うって、シグムンドさんと約束したでしょう！」

「じょうかしたもーん！」

「じょうかしたぁー！」

「もう！」

ミルーラちゃんとララーナちゃんも此処での生活に慣れたのか、子供らしく元気になった。その分、ルノーラさんが大変だけどな。

「ははっ、ブラン、ノワール、オヤツを出してあげて」

「「畏まりました」」

ブランとノワールに、お茶とお菓子を頼む。

砂糖が欲しいな。

今のところ甘味料は蜂蜜とメープルシロップだけだけど、砂糖も是非欲しい。

さて、のんびりと待ちましょうかね。

◇

剣を持つ手に汗が滲む。

巨木が鬱蒼と茂る森は、魔力に親和性のある魔族なら、嫌でも分かるレベルで濃い魔力に溢れている。

この濃度は確かに体の調子が良く感じる。

ただ、そう感じるのは魔物も同じだという事を忘れてはいけない。

私——ルードの前には、妻のラギアが剣を持ち警戒しながら歩いている。

魔王国百人隊長の妻でも、ここでの魔物との遭遇は、イコール死、だと言う。

どうしてこんな事になった。その言葉ばかりが頭の中をグルグルと巡る。

父上、セブールの所為に決まっている。

私は何時になれば、あの人の呪縛から逃れられるのだろう。

文武に長け、執事としても完璧に仕事を熟し、魔王国を裏で支えたとさえ言われる。

その父が何をとち狂ったのか、先代様が亡くなられると、さっさと隠居してしまった。

いや、隠居するのは構わない。問題なのは引き籠もる場所だ。

どうして深淵の森の外縁部なんかに住家を置くのだ。

しかも、父を尊敬する娘のリーファがついて行ってしまった。

会いに行きたくても、私一人じゃ無理な場所だから！

しかも今回は、更に森の中だなんて……

その時、前を歩く妻から、ハンドサインで止まるように指示が来た。

緊張で汗が噴き出る。

ガサガサッ！

シャーーーーッ！

下草を掻き分け現れたのは、私の背丈の倍程の高さに、二本の鎌首を持ち上げたツインヘッドバイパーだった。

「ひっ！」

「逃げて！」

妻から逃げるよう指示が飛ぶが、体が強張り動けない。

「あ、あぁっ……」

私の人生も、もうお終(しま)いかと思った時、愛する娘の声が聞こえた。

「間に合ったみたいね」

「リーファ！」

幻聴ではなかった。

私達とツインヘッドバイパーとの間に、何処からともなく現れたのは、間違いなく娘のリーファだった。

「リーファ！　危ないわっ！　早く逃げて！」

「お母さま、久しぶりね。お父さまは、相変わらずのようね」

「リーファ！　何を暢気に話してるの！」

「大丈夫よ、お母さま。もう死んでるから」

「えっ⁉」

ズドォーンッ！

娘がそう言った直後、ツインヘッドバイパーの二つの頭が地面に落ちた。

「「へっ？」」

私は妻と二人、間抜けな声を上げる。

「この辺りじゃ、こんなの雑魚のうちだから」

リーファはツインヘッドバイパーに近付き、何処かに消してしまった。

も、もしかして、それはマジックバッグなのか？

いや、それよりもツインヘッドバイパーは、Aランクの魔物だったんじゃなかったのか。それを雑魚呼ばわりとは……

「さあ、ここからは私が案内するわ」

「リーファ、す、少し休憩できないか？」

正直、もうヘトヘトで足が痛い。

「うーん、もう少し鍛えた方がいいわよ、お父さま。仕方ないわね」

リーファは指笛を鳴らした。

「直ぐにアスラが来てくれるわ。アスラに乗せてもらって早く行きましょう」

「ア、アスラとは？」

「ん、もう来たわね。ラッキーよお父さま。今日は近くにいたみたい」

リーファが言うと、南の方角から地響きが聞こえてくる。

「リ、リーファ！」

「大丈夫よ。アスラが来ただけだから」

そして現れたのは、前脚四本を持つ巨大な熊の魔物、タイラントアシュラベアだった。

「タ、タ、タイラントアシュラベアだと」

「違うわよ。間違えたらアスラが怒るわよ」

そうだな。Sランクのタイラントアシュラベアの筈がないな。

しかし、前脚が四本ある熊の魔物が他にいただろうか？

「アスラは、グレートタイラントアシュラベアよ」

「グッ、グレートォ……」

ドサッ！

◇

お父さまが白目を剥いて気絶しちゃった。

「もう、仕方ないわね」

私——リーファはお父さまを担いで、アスラの背中に載せる。

「お母さまもどうぞ」

「え、ええ、大丈夫なのよね」

「はい。この子もご主人様の眷属ですから」

「SSランクを眷属にするなんて、万が一はないのよね」

「お母さまって、そんなに心配性でしたっけ？　大丈夫ですよ。ご主人様はアスラの百倍強いですから」

「ガゥ」

「あっ、アスラが違うって言ってます。ご主人様は三百倍強いですって」

「はっ、ははっ、もう訳分かんないわ」

私もお母さまと一緒にアスラに乗り、屋敷へと向かった。

アスラの足なら直ぐの距離だけど、体が大きいから少し遠回りになるのよね。

それでも、お母さまがご自分で走るよりもずっと早い。

直ぐに外壁が見えてくる。

お父さま、ご主人様と揉めないといいけど……

二十九話　超越者

デモリス宰相、アバドン様、イグリス様と、魔王国の重鎮御三方からの依頼で、セブール義父さんと娘のリーファに会うために、私──ラギアは決死の覚悟で森を進んでいた。

何故、リーファに会うために決死の覚悟をしなきゃいけないのか。

とても腑に落ちないけれど、娘がそんな場所で暮らしていると聞かされれば、来ない訳にはいかないわよね。

目的地は、以前の義父さんの住家から南東に進んだ場所にあると言う。

義父さんの住家自体は、深淵の森の外縁部。それだけでも夫のルードじゃ一人では辿り着けない場所なのに、そこから更に南東に進むなんて……

最初私は、これは死んでこいとの命令かと思ったわ。

常に警戒は緩められない。緊張で疲労感が凄いわ。

幸い周囲の魔力が濃いお陰で、肉体的な疲労は少ない。

魔物の気配を避けながら、できるだけ急いでどれだけ進んだかしら。

とうとう怖れていた魔物と遭遇したの。

それも私達の行く手を阻むように、ツインヘッドバイパーが、その鎌首を持ち上げ威嚇する。

ガサガサッ！

シャーーーーッ！

ツインヘッドバイパー、Aランクの魔物。とてもルードを守りながら戦える相手じゃないわ。

いえ、見栄を張ったわね。

私が万全でも、とてもじゃないけど勝てる相手じゃないわよ。

「ひっ！」

ルードの悲鳴が背後から聞こえる。

「逃げて！」

逃げるように言うも、どうやら体が硬直して動けないみたい。

「あ、あぁっ……」

ルードだけでも逃したかったけど、もうお終いかしら。

でもその時、愛する娘の声が聞こえたの。

「間に合ったみたいね」

「リーファ！」

娘は驚くべき事に、ツインヘッドバイパーを瞬殺した。


リーファがアスラと呼ぶグレートタイラントアシュラベアの背に乗り、深淵の森の中を進む。

深淵の森でも上位に位置する、グレートタイラントアシュラベアに近付く魔物は少ないと、リーファが教えてくれた。

できれば「いない」と言って欲しかったけど、力の差を考えないで襲って来る魔物もいるらしい。

そして巨木が鬱蒼と茂る森が唐突に途切れ、視界がクリアになる。

「なっ、こ、これは……」

「お母さま、ここがご主人様の土地よ」

突然、深淵の森の中に現れたのは、立派な外壁に囲まれた、小さな街程の広さの拓かれた場所だった。

鋼鉄の門から敷地内に入る。

私達を降ろしたグレートタイラントアシュラベアは、自分の縄張りに戻るんだとリーファが教えてくれた。

ルードはリーファに、荷物のように担がれてるわ。

「お父さんなんだから、もう少し丁寧に持ってあげて」

苦笑するリーファの案内で敷地の中に入ると、広い畑が広がっていたわ。

水路が張り巡らされ、収穫間近の麦が風に揺られている。

この風景だけを見れば、深淵の森だなんて信じられないでしょうね。

そこで私は、またも信じられないモノを発見した。

「ね、ねえ、リーファ」

「なに？」

「あ、あの畑で作業してるのってゴーレムよね？」

「ええ、ウッドゴーレムよ」

リーファは何を当たり前の事を聞くのかと、不思議そうにしているけど、あなたズレてるわよ。

どうしてウッドゴーレムが人間と変わらない作業をしてるのよ。ゴーレムってもっと不器用で、単純な作業しかできないものなのよ。

じっと農作業をするウッドゴーレムを観察していると、器用な事以上に、驚きの事実があった。

「ねえ、リーファ」

「なに、お母さま」

「あの四体のウッドゴーレム……凄く強くない？」

「一番大きいゴーレムのクグノチは強い部類だと思うけど、他はそうでもないわよ。せいぜいこの付近の森を一体で歩ける程度よ」

「そ、そうなのね」

イヤイヤイヤ、色々おかしいわよ。

森を一体で歩けるのなら、魔王国のどの戦士よりも強いって事じゃない！

敷地の中央付近には、立派な屋敷が建っていた。

驚く事に、窓にはガラスが贅沢(ぜいたく)に使われているわ。

大きさ自体は、魔王国にある高位貴族の屋敷の方が大きいだろうけど、外観は圧倒的にこちらの建物の方が優れているように見えるわ。

こう見えて、私は下級でも貴族の出身だし、セブール義父さんは先代魔王様の執事を務めた方。色々な屋敷を見てきたつもりだけど、こんなお屋敷は初めてね。

私が建物を興味深く眺めていると、中から義父さんが出て来た。

「何だ、ルードは気を失ったのか。はぁ、情けない。何処で教育を間違えたのか」

「義父さん、お久しぶりです」

その第一声は挨拶ではなく、リーファが担ぐルードを見ての自身への後悔の言葉だったわ。

相変わらず息子には厳しい義父さんね。

「おお、ラギア久しぶりだな。ただ、ルードと二人で来ようなど無謀にも程があるぞ」

「何の連絡もなく住家を変える義父さんにも責任があると思いますよ」

「まあ、それを言われると反論できんな」

そうは言ってるけど、一ミリも反省していないのが分かるわ。

「お母さまもお爺さまもそれくらいにして、先ずはご主人様にご挨拶でしょう」

「おお、そうであったな。くれぐれも旦那様に失礼のないようにな。リーファ、それを叩き起こしなさい」

「はい。お爺さま」

義父さんにそう言われたリーファが、担いでいたルードを放り投げた。

ドザッ！

「グッゥ！」

「ちょっと、リーファ。まがりなりにも父親なんだから、もう少し丁寧に扱いなさい」

「情けなく気絶する父親は認めません」

「はぁ、仕方ないわね」

相変わらずルードには当たりがきついわね。

仕方なく私がルードを介抱した。

「ウッ、グッ、……はっ！　ここは!?　ラギア！　リーファ！」

「あなた、落ち着いて！」

そんなに狼狽えているとリーファにバカにされるわよ。ほら、もう氷の眼差しでルードを見てる。

そこに義父さんから声が掛かった。

「起きたかルード」

「ウッ、父上！」

「いつまで無様を晒している。早く立たんか」

「クッ！」

厳しい義父さんの言葉に、ルードも何とか立ち上がる。

「じゃあ私が案内するから、お父さまとお母さまはついて来て。ああ、それとお父さま。くれぐれもご主人様に無礼のないようにね」

「ご主人様だっ……」

娘のリーファがご主人様と呼んだのが気に食わなかったのか、ルードが怒りの声を上げかける。

けれど、義父さんとリーファからの、恐ろしい威圧の伴った視線がルードを硬直させたわ。

まさか父親と娘から威圧されるとは思っていなかったルードは、すっかり気落ちして大人しくなったわ。

リーファと義父さんに案内されて通されたのは、ソファーセットの並んだ応接間。

「直ぐに旦那様をお呼びして来る。掛けて待ってなさい」

そう言うと、義父さんは部屋を出ていった。

私とルードはソファーに腰掛ける。

「⁉　凄い座り心地ね」

「そうでしょう。ご主人様が作ったのよ」

「へっ？　作った？」

体験した事のない座り心地に驚いていると、リーファからとんでもない発言が飛び出し、思わず変な声が出ちゃったわ。

「そうよ。この屋敷も内装も、家具や調度品類も全部ご主人様が作られたものよ」

「あなたのご主人様って、普段何してる人なの？」

誇らしそうに胸を張る娘に、思わず聞いてしまう。だって、ここは深淵の森の中なのよ。

「普段？　ご主人様は農作業が主かしら」

「農作業？」

ますます訳が分からない。

ガチャ。

その時、義父さんがドアを開けて、人間の形をしたナニカが部屋に入って来た。

私とルードは慌ててソファーから立ち上がる。

「いや、掛けてくれ」

仕草でも着席を促されると、私達は素直にソファーに腰を下ろす。

長く伸びた銀髪を後ろで結び、年の頃は二十代半ばの人間に見えるわね。

ただ、目の前の存在が人間ではないと、私は本能で察してしまう。

見事に魔力を制御していて、少しも外には漏れ出していない。

だけどその身の内に、バカげた魔力を内包しているのは、魔族の私達には分かる。

現魔王陛下や先代の魔王陛下と比べるのも、烏滸がましい程の差を感じてしまうわ。

そう、言うなれば目の前の存在は、超越者。

人間の枠を超えた存在。

これはどう報告すればいいのだろう。

深淵の森に、世界の王が誕生したと言ったところで、受け入れてくれるかしら……

三十話　リーファの両親を接待する

俺――シグムンドが応接室に行くと、緊張した面持ちで立ち上がり硬直する二人の男女。

確かに男性の方はセブールの面影がある。

リーファはお母さん似かな？

取り敢えず座ってもらう。

「突然の訪問をお許し頂き有難うございます。私はリーファの母親ラギアと申します」

「父のルードだ」

パンッ！

「痛い！」

ルードさんが自己紹介した瞬間、セブールがルードさんの頭を叩いた。

パンッ！

更にリーファも追い討ちとばかりにルードさんの頭を叩く。

「痛い！　痛いです父上、リーファ！」

パンッ！

そして駄目押しとばかりに、ラギアさんもルードさんの頭を叩いた。

流石の俺もポカンとするよ。

「申し訳ございません。旦那様」

「父が、申し訳ございません。ご主人様」

「夫の無礼をお許しください」

セブール、リーファ、ラギアさんが深々と頭を下げ謝ってくる。

「いや、気にしてないから頭を上げてくれ」

やめて！　大の大人に揃って頭を下げられるなんて、小市民の俺としては精神的に持たないよ。

「まぁ、なんだ。俺は何処かの貴族でも権力者でもないから、ラギアさんも、もっとフランクにしてくれて大丈夫だよ」

「いいえ、旦那様は王以上の存在ではないですか」

「そうです。ご主人様は至上のお方。父の無礼は許せません」

「イヤイヤイヤ、セブールもリーファも落ち着いてくれ」

確かに俺は、エレボロスロードではある。ロードは支配者とかそんな意味だったっけ。

まぁ、眷属からすれば王と同意なんだろうけど、日を追うごとにセブールとリーファ達からの忠誠が重い。

ルードさんが落ち着いたところで、セブールが話を進める。

「それでルードとラギアは、旦那様の事を調べるために、わざわざ命懸けでここまで来たという事で間違いないのだな？」

「「………………」」

言葉に詰まるルードさんとラギアさん。その反応が正解だと雄弁に語っている。

「セブール、家族なんだから、そう威圧してやるな。使い魔が来た時点で何らかのアクションはあると想定してたんだ。まさかセブールとリーファの身内に、危険な任務を命令するとは思わなかったけどな」

「どうせ、デモリス宰相かアバドン辺りが寄越したのでしょう。僅かな掛け金で大金を得られると考えるとは、馬鹿なギャンブラーですな」

俺とセブールからの辛辣な言葉に、ルードさんとラギアさんの顔が青くなった。

いや、あなた達を責めてるんじゃないよ。

「どうせ、この地が欲しいんだろう。深淵の森を拓きたかったら自分達の力ですればいい。幸い此処は、誰のものでもないらしいからな」

「そうですな。あまり此処と近いと困りますが、離れていれば、我らも干渉しませんしな」

俺とセブールは、こちらに迷惑が掛からなければ、基本的に魔王国であれ、西方諸国であれ、聖国であれ関係ない。

「でも魔王国は諦めるでしょうか？　普通の人間には危険ですが、この森の恵みは他にない程豊かです。此処ならある程度、安全にそれを得られますから」

リーファは、既に開拓されたこの地を魔王国が諦めるのか懐疑的だった。彼らが自分達で深淵の森を拓くとは思っていないみたいだ。

まあ、何処の国も不可能だと判断していた場所だからな。

それだけに俺は不思議で仕方ない。

「しかし、幾ら少人数の方が危険は少ないとはいえ、わざわざ送り込むかね」

「おそらく二人が危機に陥れば、私かリーファが助けると予想してたのでしょう。あれでも魔王国の重鎮ですからな」

「なる程、まあ、助けないという選択肢はないわな」

セブールが言うには、魔王国の宰相デモリスと、文官の長アバドンの二人は謀が得意らしい。

セブールが一度釘を刺しに行っているので、その時にセブールの強さは理解したんだろう。

緊張で顔を青くしてソファーで固まる二人に、セブールが具体的に切り込んだ。

「ルード、ラギア。お前達は、旦那様の素性を調べるように言われたのだな」

「……あ、ああ、そうだ父上」

「ごめんなさい義父さん」

セブールの有無を言わさぬ迫力に、素直に認める二人。

まあ、隠居したとはいえ、魔王国の中枢近くにいたセブールの現状は気になるよな。

セブールは執事という職務柄、国の運営には直接関わってこなかった。

しかし、先代の魔王に諫言できる数少ない人間だったらしく、今でも王城にはセブールを慕う者が多いらしい。

「おそらく私の強さに驚いたのでしょう。隠居した私が突然実力を上げるなど、普通は考えられませんからな。干渉を防ぐためにヒントも与えてきましたから」

「ああ、それで逆に警戒させたか」

セブールは帰り際、霧になって消えたそうだ。

はぁ、思いっきりバンパイアの眷属になりましたって言ってるようなものじゃないか。

「混乱しているのだと思いますよ。昼間に堂々と活動している事に」

「ああ、普通はないのか」

「はい。特に眷属であれば余計に」

伝承上のバンパイアロードも日の光を克服してはいるが、日中は弱体化すると言われている。

それ故に、バンパイアロードの眷属は弱点を克服できていないと考えられていた。

完全なデイウォーカーなどお伽話のようなもので、知る限り伝承の中にも存在しない、とセブールは言った。

要するに、眷属ですら魔王国の重鎮より強大な力を持ち、しかも完全なるデイウォーカーだった。となると、その主人の力がどれ程のものか調べるのは、為政者としては当然の選択だと俺でも思う。

「まあ、でもこれで魔王国からの干渉がなくなれば、結果オーライだよな」

「はい。流石に旦那様に敵対する程、愚かな者達ではございません。現陛下は、国民のために実の父をお討ちになられた方ですから。好奇心や恐怖心から舵取りを誤る事はないでしょう」

セブールの言葉に、ルードさんとラギアさんがブンブンと首を縦に振った。

干渉しようにも、軍隊をこの森に差し向けるのは自殺行為だし、少数精鋭での破壊工作も、今までの話を聞くに無理そうだしな。

「まあ俺も、敵対してもいないのに、好んで争う事はないから安心してくれ。なぁセブール、リーファ」

「そうですな。この二人を寄越した事に少し思うところはありますが。ルード、次はないと伝えておくように」

「そうね。次からは使い魔を使って迎えに来るように事前に伝えてね、お母さま」

「わ、分かった」

「え、ええ、分かったわ」

セブール、リーファに威圧込みで注意されて、顔を青くして冷や汗を掻くルードさんとラギアさん。

セブールとリーファ、身内に威圧なんてするもんじゃないと思うよ。

「それに、魔王国は私とリーファにとって祖国である事に変わりない。聖国の旗振りで、再び西方諸国が連合を組み魔王国へと侵攻するなら、私とリーファが微力ながら手助けするやもしれんな」

「そ、それは本当ですか父上！」

セブールが魔王国に危機が訪れた場合の助力を匂わせると、ルードさんが喜色を浮かべた。

それはそうだろう。

上司から何て言われているか分からないが、二人はセブールとリーファのだいたいの強さを理解している。

それこそ、単騎で戦場の盤面を覆す存在だろうからな。

俺も何となく、世間の人達の実力は想像してたよりもだいぶ低いと理解し始めた。

何故なら、進化して更に俺の血の眷属になったセブールとリーファであっても、あのダンジョンの下層どころか、中層でも危ないと思う。

そしてこの深淵の森。

ダンジョンを最下層まで下りて攻略した俺からすると、ダンジョンの上層の後半とあまり変わらない。

そんなヌルい森が危険視されているんだから。

まぁ、本当にバケモノみたいに強い魔物や人間も、世の中にはいるんだろうけど。

俺としてもセブールやリーファが、魔王国のために戦う事に関しては、自由にすればいいと思う。

眷属とは言っても、セブールとリーファの行動を縛るつもりはないからな。

俺と離れても心配はない。

二人ともエレボロス、アルケニー種となった事で、限りなく不死に近くなった。

アルケニーだった頃とは違い、手足を失くしても高速で再生するし。

さて、命懸けで此処まで来た二人をもてなさないとな。

「セブール、リーファ、先に食事をしてお風呂に入ってもらおう。お二人も疲れているだろうしな」

「そうですな。ルード、ラギア、私について来なさい」

「あ、ああ」

「は、はい」

セブールがルードさんとラギアさんを、一旦客間へと連れて行った。

その後、風呂場に連れて行き、使い方の説明をするんだろう。

「ご主人様、私は食事の準備を手伝ってきます」

「うん。頼むよ。ルードさんとラギアさんの風呂上り用の着替えも頼む」

「分かりました」

リーファも部屋を出ていき、俺は屋敷を出てワインの貯蔵庫へと向かった。

まだ若いけど、折角もてなすなら、うちのワインの方がいいだろうしな。

三十一話　防衛を考えるべきか

セブールの息子であり、リーファの両親であるルードさんとラギアさんは、魔王国へ帰った。

勿論、森の外までリーファがアスラに乗って送って行った。

俺は朝から農作業を済ませると、屋敷でのんびりとセブールの淹れたお茶を飲んでいた。

「ミル、このお茶好き」

「ララも」

ミルーラちゃんとララーナちゃんも、ブランとノワールが作ったクッキーを食べて、お茶を楽しんでいる。

「ポロポロこぼさないのよ」

「大丈夫だよ、ルノーラさん。汚れたら掃除すればいいだけだから」

「シグムンドさん、あまり二人を甘やかしてはダメです」

俺が二人を庇(かば)うと、ルノーラさんに注意された。

でも子供はやっぱり可愛いんだよな。

俺がボルクスさんなら、離れ離れになるなんて考えられないんだけどな。

呼び方も変化している。

ミルーラちゃんをミル、ララーナちゃんをララと呼ぶように二人からお願いされて、そう呼ぶようになった。

そんなゆるいティータイムだけど、実際には周辺国との関係を考える話し合いの時間だったりする。

「旦那様、一応念のため、戦力の増強はすべきかと愚考します」

「ご主人様、私もアスラだけでは心許ないかと思います。アスラには縄張りの管理もありますので」

　セブールとリーファから、そう提案された。

「旦那様、私、リーファ、クグノチにブランとノワール、それにアスラと、たとえ戦争となっても撥ね除ける力はありますが、敵が何時も正攻法で来るとは限りません」

「そうです。隠密と気配遮断に特化した暗殺者タイプが敵の場合は、直近まで侵入される危険もあります」

「確かに結界も魔物相手なら兎も角、人間には完全じゃないからな」

　セブールとリーファの言う事は正しい。

　この敷地には、敵性の魔物を寄せ付けない結界が張られているが、人間なら抜け道がある。

　侵入する際に、敵意を持たないなら侵入されてしまうんだ。

　ブランとノワールがいるのだから万が一はないと思うが、侵入を許す時点でダメだな。

　俺とセブールにリーファは、どんな手練れの暗殺者が来ようと殺される事はないだろう。

　心臓を潰されても、猛毒を使われても、頭を撃ち抜かれても、瞬時に復活する。

　ただ、ここにはルノーラさんとミル、ララがいる。

　三人に何かあれば、ボルクスさんに申し訳が立たない。

「ルノーラさん達の安全を考えれば、やり過ぎるくらいで丁度いいかもな」

「はい。旦那様は勿論の事、私やリーファも死ぬ事はないでしょうが、我らには護るべき者がいます故」

「そうです。ミルちゃんやララちゃんの安全は万全でないと」

「皆さん……」

俺達が話し合っているのが、自分達の安全のためだと知って、ルノーラさんが感激してくれてるのかな。目がウルウルしていた。

実際、即死じゃなければ、俺の回復魔法で助ける事は可能だと思うが、それも百パーセントと言い切れる訳じゃないなら、備えておくべきだ。

そこにルノーラさんから驚きの発言が飛び出した。

「あの、私を吸血鬼の眷属にして頂く訳にはいかないのですか？」

「……いや、ルノーラさんだけならそれもありだと思う。もともと長寿の種族が不老になるってのは、人族と比べると変化は少ないからね。日の光に弱くなったり血を飲みたくなったりしないから、デメリットはほとんどないしな」

「では」

「でも、それはボルクスさんに相談してからの方がいいと思うよ。どうせミルやララは眷属にできないんだ。二人護るのも三人護るのも一緒だからな」

「……そう、そうですね。あの人に相談なしにはダメですよね」

何とかルノーラさんも納得してくれた。

実際問題、三人はただのエルフより戦闘力が上がっている。

着ている服もセブールとリーファ製の糸から作られたものに、俺が付与魔法で強化してあるので、滅多な事はないと思うんだ。

強制はしないけど、確かにルノーラさんだけでも血の眷属になるのは、一つの選択肢だとは思うけどね。

吸血鬼の眷属なんてイメージが悪いが、エレボロスとなるのは、そんなに悪い事じゃないと俺も思う。

吸血鬼のイメージが悪いのは、人を襲って血を吸うからだろう。

セブールによると、魔王国に少数いるレッサーバンパイアは、血を国から購入しているらしいが、中には人間を襲って血を吸ったりする犯罪者も存在するらしい。

その点、エレボロスには血が必須ではない。

血は飲めば体力や魔力が瞬時に回復するというメリットはあるが、元人間で、吸血に忌避感を持つ俺が始祖だからか、セブールもリーファも血にあまり興味はなかった。

その上、吸血鬼の弱点とされるものは、俺達にとって弱点になり得ないのだから、不老が嫌な人以外は、俺の眷属になるのはそう悪くない。

目も赤くならないしな。

だが、まあ、旦那さんが知らないうちに奥さんの種族が変わって不老になるなんて、流石に良くないと思う。

それでも、ルノーラさんがどうしてもと言うなら、一度考えてみるけどね。

ミルとララを母として護るには、俺の血の眷属となる方がいいに決まってるから。

「森はアスラでいいだろう。ロックゴーレムも外壁にあるしな。敷地の中はクグノチで大丈夫だろう。トムとオリバーにジャックは忙しいからな」

「屋敷の中にはブランとノワールがいます。補強するならルノーラ様やミルーラ様、ララーナ様の護りでしょう」

俺が現状を把握するように、今の戦力を挙げていくと、セブールも必要なのはやっぱり三人の護りだけだと言う。

「かと言って、四六時中護衛がつくのも窮屈だし、そんな生活はさせたくない」

「では、旦那様が使い魔を使役されればよろしいのでは？」

「使い魔か……ありだな」

「小型の使い魔であれば、ペットのようなものです。窮屈には感じないと思います」

「ペット！　ミル、ペットほしい！」

「ララも！　ララも！」

使い魔の話をセブールとしていたら、セブールが言った「ペット」というワードに、ミルとララが食いついた。

この世界では、裕福な人間じゃないとペットなど夢物語だ。だけどミルとララは、草原で遊牧民として暮らしていた。

ペットとは少し違うが、家畜を可愛がって暮らしていた二人には、ペットをすんなり受け入れられる下地があった。

「かわいいの！　ミル、かわいいのがいい！」

「ララも！　かわいいのがいい！」

ミルとララからリクエストされる。

勿論、常に側にいるならミルとララが喜ぶ方がいい。

「小さくても護れるだけの強さは必要か……」

「そうですね。大型の魔物は、屋敷の中では邪魔になりますから」

「ああ、ブランとノワールが怒りそうだからな」

俺とセブールが考え込む。

俺は百層あるダンジョンとこの森で、様々な魔物を見て来たし、セブールも俺以上の知識を持っている。

吸血鬼の眷属と言われて思い浮かぶのは蝙蝠や狼だけど、別にどんな魔物や動物でも構わない。

動物や虫も眷属になった瞬間、魔物になるから強化されるし、進化できるようになるので、最初の強さはあまり関係ない。

ただ、小さな女の子に虫や蝙蝠はないな。

かと言って、この世界の狼はサイズが大きい。とてもじゃないが屋敷に入れるなんて無理だ。

「カーバンクルなど、サイズ的にも能力的にも丁度いいのですが……」

「いや、カーバンクルを見つけるのが難しいだろ」

「ですな」

カーバンクルとは、リスのような姿の魔物で、その額に宝石のような石を持ち、結界などの防御系の魔法が得意なのだ。

セブールが言うように、サイズ的にも能力的にもぴったりだけど、その存在は希少で見つけるのは難しいだろう。

「そうなると、目的に沿うように育てるしかないか」

「手間は掛かりますが、それが一番かもしれませんな」

何事も急がば回れ、という事だな。

三十二話　急がば回れ

ミルとララの護りを固めるために、セブールとリーファが魔王国まで買い物に出掛けた。

結局、ルノーラさんのレベル上げと護身術の訓練はする事になったけど、レベルを上げ過ぎると
うっかり進化するかもしれないから注意しないといけない。

進化するなら良いじゃないかと思うかもしれないが、それは人外視点での意見だ。

普通、エルフは進化しない。

ただ、ルノーラさんやミルとララは、安全のために俺が魔法で眷属にした。

血の眷属ではなくあくまで魔法契約なので、人間の範疇を超えるものではないが、それでも進化
する可能性があるんだよな。

装備で防御面の強化と、ルノーラさんには体術を教えている。

ミルとララも、ルノーラさんの真似をして稽古しているのがとても可愛い。


二日程で、セブールとリーファが戻って来た。

「ただいま戻りました」

「ご苦労さま」

その手に籠(かご)を抱えた二人を出迎える。

「うわぁー!! ねこさんだぁー!」

「ねこさん!」

ミルとララが、セブールとリーファが持つ籠の中を覗いて飛び跳ねて喜んでいる。

うん。正解だったかな。

俺とセブールがミルとララの護りに選んだのは、普通の二匹の猫だった。

勿論、このままじゃ護りになんて使えない。

先ずは、俺の眷属にして進化の可能性を上げる。

この子達はまだ子猫なので、体力的に、俺の血の眷属——吸血鬼になる事はできない。

だからこの魔力の濃い環境を利用しつつ、俺と眷属契約——魔法による主従契約をする事で、魔物への進化を目指す。

動物の進化を弄（いじ）るなんて、宗教関係者からすれば、神をも怖れぬ所行（しょぎょう）だと言われそうだけどな。

「ミルはしろがいい！」

「じゃあ、ララはくろいの！」

子猫は白い毛色と、黒い毛色の姉妹。

ミルとララが、早速それぞれ気に入った子を抱いた。

「ルノーラ様にはこの子を選びました」

「まあ、可愛い子」

セブールがルノーラさんに手渡したのは、片手に乗るくらいの鳥の雛（ひな）。

「ミニオウルの雛でございます。ミニオウルはGランクの弱い魔物ですが、旦那様の眷属となればFランク相当になるでしょう。そこから進化を遂げれば、役に立つ使い魔となるでしょう」

「大事にします」

セブールによると、ミニオウルは魔物としては最底辺のGランクの魔物で、魔王国ではペットとして飼われているそうだ。

「じゃあ、早速レベル上げするか」

「旦那様自ら行かれるのですか？」

「ああ、普通の猫だからな。万が一があると嫌だからな」

「私がお供します」

「では、私もご一緒致します」

リーファとブランが一緒に来てくれると言う。

俺は、ミルとララがシロとクロと名付けた子猫と、ルノーラさんがパルと名付けた小さな梟を連れて、森へと向かった。

既に眷属になっている三匹は、普通の猫や梟の魔物と比べて知能がグンと上がっている。

まだ簡単な意思疎通が辛うじて可能な程度だが、進化すればクグノチのように、人間並みに賢くなるだろう。

ブランは勿論、俺もリーファも気配を消しているので、直ぐにシロとクロとパルの気配を感じとって魔物が近付いて来る。

シュンッ！

近付いて来たのは中型の蛇の魔物。

中型とはいえ、その胴体の直径は三十センチを超え、しかも強力な毒を持つ。

ただ、出て来た瞬間にリーファの糸で絡め取られて一纏めの団子にされてしまった。

「さあ、シロ、クロ、パル、少しでいいので攻撃しなさい」

「ニャァ～！」

「ボォーッ！」

シロとクロは爪で引っ掻き、パルも猛禽類らしく鋭い爪で攻撃する。

まあ、俺が魔法で強化し、更に相手を弱体化する魔法を掛けてあげても、頑張ってもかすり傷が精一杯なんだけどな。

「じゃあ、仕留めますね」

リーファはそう言うと頸を刎ねた。

クロ、シロ、パルが体を震わせうずくまる。

「ニャ……」

「ホゥ」

一気にレベルが上がった弊害だが、直ぐに収まるので少し待つと、何事もなかったように元気になる。

その後、二匹倒したところで、シロ、クロ、パルの三匹が進化可能となった。

「直ぐだったな」

「ランクもレベルも違う魔物が相手ですからね」

顔を見合わせて笑う俺とセブール。

「自分の思い描く姿を強くイメージしてごらん」

「ニャ！」」

「ホウ！」

俺の言ってる事が分かるのか、ちゃんと返事をすると、直ぐに進化を始める三匹。

「……見た目は変わらないですね」

「ああ、だけどシロとクロはハイドキャットに、パルはブラックオウルに進化したようだな」

リーファが指摘するように、三匹の見た目は変わらない。

俺が鑑定眼鏡で確認すると、間違いなくちゃんと進化していた。

「みんな隠密系に進化したみたいだな」

「体の小ささを考えると正しい選択だと思います」

「確かにな」

シロとクロ、パルを撫でて労う。

進化して知能も高くなったので、俺の言っている事は理解しているし、眷属だからか意思の疎通は可能だ。

「さて、あと一度くらい行けるかな？」

「そうですね。一日で何度も進化するのは負担が大きいでしょうが、あと一回くらいは大丈夫だと思います」

「「ニャ！」」

「ホウ！」

シロとクロ、パルも大丈夫だと返事をする。

まだシロとクロはGランク、パルはFランクの魔物だから、この森でなら直ぐに成長限界までレベルが上がる。

しかし連続で進化するのは、体への負担が大きい。

俺も何度も経験したから分かるが、ランクが上がって進化するのは、レベルが上がるのとは比べものにならない程なのだ。

最終的に、シロとクロは、グレートアサシンキャットに進化した。

Bランクの魔物で、闇属性と風属性の魔法を使う。

影の中に潜むスキルや、影を移動するスキルを持っている。

Bランクとはいえまだ子猫なので、大人になればもっと強くなれるだろう。

隠密スキルや気配遮断スキルを持つ暗殺者タイプで、実は新種の魔物になる。

パルは、グレートシャドウオウルに進化した。

パルも、闇属性と風属性に加え土属性の魔法を使い、隠密系のスキルを複数持つ。索敵範囲も広く、諜報から暗殺まで熟すAランクの魔物だ。

シロとクロは、普通の大人の猫と変わらない大きさになったが、まだまだ子供で、最終的に大型犬くらいのサイズになると思われる。

パルもまだ子供だが、その大きさは五十センチ程になっている。成鳥になると八十センチくらいまで大きくなるだろう。

パルも影に潜み移動する事ができるので、普段はルノーラさんの影で待機している。

「シロ！　おいで！」

「クロ！　お外であそぼ！」

ミルとララが、シロとクロを連れて家の外へと駆け出して行った。

ミルとララはここで暮らすようになって、草原で遊牧生活をしていた頃より、ずっと元気になったとルノーラさんも言っている。

屋敷の窓から外を見ると、仲良く遊んでいるのが見える。

シロとクロは猫なのに、まるで犬のように、ミルとララに従順で相手をしてくれる。

まあ、俺がそう頼んでいるんだけど、シロとクロも、ミルとララを好きだから護りたいようだ。

それと、ミルとララにはまだ教えていないが、シロとクロは体のサイズを変化させるスキルを取得した。

子猫の現在でもシベリアトラぐらいの大きさになれる。

成獣になると、その倍以上は大きくなれるだろう。

逆に子猫サイズまで小さくもなれるので、ミルとララの側に常にいるために、そう進化したのかもしれないな。

「パルがもう少し成長すれば、ボルクスさんと連絡が取れるよ」

ボルクスさんの近況を知るために、パルを使ってもいい。もう少し成長すれば十分可能だろう。

「……いえ、いいんです。あの人も連絡したいと思えば、セブールさんの知り合いを通してできるでしょうから」

だけどルノーラさんは、パルを撫でながら首を横に振る。

「そう？　ルノーラさんさえよければ、ボルクスさん用に使い魔を用意してもいいよ」

西方諸国から魔王国まで、聖国を除いてセブールの顔は広く、ボルクスさんが困った時に頼れるようにしてある。

とは言っても、魔王国の深淵の森側の辺境の街に住む、ある人物に手紙を届けるようにしてあるだけなので、緊急時には即応できない。

「……いえ、もし、あまりに連絡がなければお願いするかもしれませんが、今はまだ大丈夫です」

「まあ、何時でも言ってくれたらいいから」

俺としては、使い魔をボルクスさんの元にと思ったんだが、ルノーラさんは拒否した。

まぁ、少し夫婦間がギクシャクしてたからな。

俺はミルとララが悲しまないようにしてあげたい。

今はまだ大丈夫そうだが、ボルクスさんがいなくても寂しくないよう、屋敷に遊び場を用意してやるのも面白いかもな。

魔王国やジーラッド聖国の動きも気になるが、俺は屋敷を快適にする事に専念しようか。

ミルとララには、こんな場所でも不自由のないようにしてあげたい。遊具でも作る事にしようかな。

◎各定価：1320円（10%税込）
◎Illustration：人米

◎各定価：748円（10%税込）
◎漫画：ささかまたろう　B6判

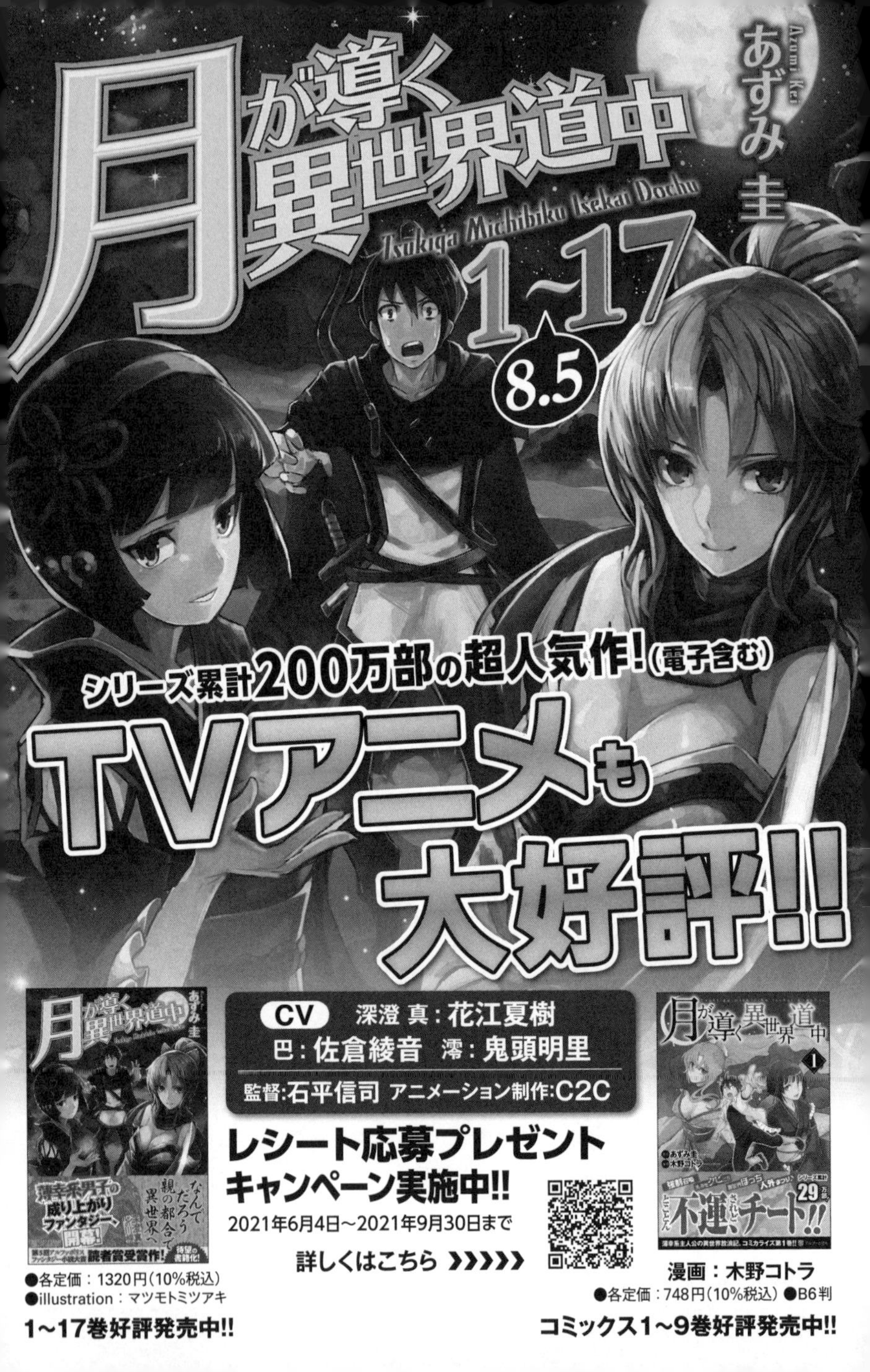
月が導く異世界道中
Tsukiga Michibiku Isekai Dochu
あずみ圭
1~17
8.5
シリーズ累計200万部の超人気作!(電子含む)
TVアニメも大好評!!
CV 深澄 真:花江夏樹
巴:佐倉綾音 澪:鬼頭明里
監督:石平信司 アニメーション制作:C2C
レシート応募プレゼントキャンペーン実施中!!
2021年6月4日~2021年9月30日まで
詳しくはこちら
●各定価:1320円(10%税込)
●illustration:マツモトミツアキ
1~17巻好評発売中!!
漫画:木野コトラ
●各定価:748円(10%税込) ●B6判
コミックス1~9巻好評発売中!!

異世界に
転生したけど
トラブル体質なので
心配です
小鳥遊渉
Takanashi Ayumu
魔物退治も、辺境開拓も、家のお手伝いも
ぜ〜んぶ
サクサク
できちゃう!
過労死した俺は異世界に転生し、アルフレッドという6才の少年として生きることに。前世が薄幸だった分、家族と穏やかに暮らしたい……と思っていたら魔法はチート級、剣技も大人顔負けと、なんだか穏やかじゃない!?　更にお手伝い感覚で村を整備したら、随分立派な感じになってしまった。その評判を聞きつけて王都の騎士団が調査に来るし、時を同じくしてゴブリンの軍勢に襲われるし……もしかして俺、トラブル体質?
◉定価:1320円(10%税込)　ISBN 978-4-434-29398-6　◉illustration:結城リカ
異世界に
転生したけど
トラブル体質なので
心配です
小鳥遊渉
魔物退治も、辺境開拓も、家のお手伝いも
ぜ〜んぶ
サクサク
できちゃう!
アルファポリス

この作品に対する皆様のご意見・ご感想をお待ちしております。
おハガキ・お手紙は以下の宛先にお送りください。

【宛先】
〒150-6008東京都渋谷区恵比寿4-20-3恵比寿ガーデンプレイスタワー8F
(株)アルファポリス　書籍感想係

メールフォームでのご意見・ご感想は右のQRコードから、
あるいは以下のワードで検索をかけてください。

アルファポリス　書籍の感想

ご感想はこちらから

本書はWebサイト「アルファポリス」(https://www.alphapolis.co.jp/) に投稿されたものを、改稿、加筆のうえ書籍化したものです。

不死王はスローライフを希望します

小狐丸　著

2021年10月4日初版発行

編集－宮本剛・芦田尚
編集長－太田鉄平
発行者－梶本雄介
発行所－株式会社アルファポリス
〒150-6008東京都渋谷区恵比寿4-20-3恵比寿ガーデンプレイスタワー8F
TEL 03-6277-1601（営業）03-6277-1602（編集）
URL https://www.alphapolis.co.jp/
発売元－株式会社星雲社（共同出版社・流通責任出版社）
〒112-0005東京都文京区水道1-3-30
TEL 03-3868-3275
イラスト－高瀬コウ
URL http://koutakase.net/
デザイン－AFTERGLOW
印刷－中央精版印刷株式会社

価格はカバーに表示されてあります。
落丁乱丁の場合はアルファポリスまでご連絡ください。
送料は小社負担でお取り替えします。

ISBN978-4-434-29115-9 C0093